幸子の庭

本多明

小峰書店

幸子の庭／目次

第一章　剪定一日目

1　セイキチ

眠《ねむ》いなあ〜

幸子《さちこ》はカーテンの淡《あわ》い光りの波にまどろんでいた。

目をつむると沈《しず》み、開けると浮《う》かんでいる。今日はどこか遠くから、素敵な白い船がやってくるかもしれない。

幸子はゆらゆらと揺《ゆ》れていたが、階下からいつもとは調子の違う声が響《ひび》いてきた。両親が自分のことを相談しているときは必ずわかる。言葉から心配のトゲが階段《かいだん》をチクリチクリと登ってきて、幸子を刺《さ》していく。そして、幸子は身体中穴だらけになって、ずぶずぶと暗い海底に落ちてゆくのだ。

しかし、今は違う。

何だろう、この雰囲気《ふんいき》は。

幸子は少しずつ貝のふたを開けて、耳を澄《す》まし始めた。すると、階下から響《ひび》く声には、いまだ感じたこともないような重苦しい空気がよどんでいるのがわかる。

これは一大事だ。それも幸子の学校のこととか、そんな出席日数がどうしたこうしたというレベルではないのがわかる。だいたい何で昼のこの時間にお父さんがいるんだろう。日曜日でもないのに、変だ。変すぎる。

幸子は起き上がってカーテンを開けた。でも、伸《の》びすぎた木の葉によってたいして部屋の明るさは変わらなかった。

あーあ、明日から学校に行ってみようかなあ。

幸子は何となくそう思った。今日ならお母さんに言えるかもしれない。でも、六年二組の時間割表を見るのはまだうっとうしい。

そうっと階段《かいだん》を降りてゆく。

お父さんの浩史《ひろし》と目があった。何か言おうとしている。お母さんは顔を上げない。

「幸子、今日は自分で起きられたのかい」

「うん」

幸子はお父さんに元気よく笑ってみせた。

「そうか、それは良かった」

「うん」

今度は、もうちょっと力をいれて言った。お父さんはいつだってやさしくほほ笑み返してくれる。でも目線はすっと下に沈《しず》んでしまった。

テーブルの上にはお茶と電話が置いてある。隅《すみ》には朝ごはんの残りが無造作によせられたままになっている。ごま昆布《こんぶ》と納豆《なっとう》か、昨日と同じだ。やっぱり、ただごとじゃない。お父さんはきっと会社に行けないほどの難問を朝からお母さんと話しているんだ。

間違いなく幸子のことじゃない。

こういう感じって、かえって言いにくいことを言えちゃう感じだなあ。お母さんが何かしゃべり出す前に、明日からの学校のことを思い切って言っちゃおうとしたとき、

「おばけ屋敷《やしき》よ！」

突然、お母さんが大きな声を出して、ため息とともにいきなり突《つ》っ伏《ぷ》した。その拍子《ひょうし》で

テーブルの上にあった受話器がはずんで、お父さんはあわてて取ろうとしたけど、かえって受話器は手の中でウナギのように踊《おど》っている。

幸子は笑っていいのか、驚くべきか迷った。しかし、事態の重さは予想をはるかに越《こ》えているらしい。

「私《わたし》が馬鹿《ばか》だったのよ。もう、こうなるまで気がつかないなんて、私が大馬鹿だってことよ」

お母さんの靖子《やすこ》は突《つ》っ伏《ぷ》したままだ。

「お母さん、どうしたの」

そう言っても、ぜんぜん返事は返ってこない。お父さんも受話器を抱《かか》えたままただ突っ立っている。テレビドラマでちょうどこんなシーンがあったなあ、と思っていたらお父さんの手の中で受話器がなった。お母さんは身体を起こすのが重た気な様子だったけれど、受話器を受け取って話し始めた。

「はい、中上《なかがみ》でございます。……伯母《おば》さんですか、あーそれが駄目《だめ》なんですよ、どこの植木屋さんも造園会社も、こんな急な大仕事は請合《うけあ》えないってけんもほろろです。ちょうど秋の剪定の時期でこみあっているところにもってきて、おまけにずっとつづいたこの長雨でしょ、先方もカリカリしているのよ。予定がギッシリと先の先まで詰《つ》まっているんですって」

岡山《おかやま》のお婆《ばあ》ちゃんからの電話だ。な一んだ、庭のことだ。どんな大事件かと思った。

「とても死を迎《むか》える覚悟《かくご》のある人に見せられる庭じゃないんです。私《わたし》の一生の不覚です。伯母《おば》さん、助けて下さい、お願いです。はい、……でも駄目《だめ》なんです、うちの庭の広さじゃそれは無理なのよ。道具さえもないいんです……」

お母さんの話を聞いていて、幸子にも事情はだんだんのみこめてきた。九十六歳《さい》になる九州の久子《ひさこ》曾《ひい》お婆《ばあ》ちゃんが東京に訪《たず》ねてくるから、その準備の話だ。

「せめてねえ、今年の春にでも剪定たのんでおいたら良かったんだけど……。はい、そうですね。…でも、以前頼《たの》んだ植木屋さんは柄《がら》が悪くってね、庭で唾《つば》はいたりするんですよ。そうです、ラジオの競馬中継《ちゅうけい》聞きながら、だらだら仕事して出来栄えなんか滅茶苦茶《めちゃくちゃ》でした。志郎《しろう》曾お爺《じい》さんの造った庭をあんな輩《やから》にわざわざお金払《はら》って冒瀆《ぼうとく》されるなら、全部セメントで埋《う》めて駐車場《ちゅうしゃじょう》にでもしたほうがまだましです」

長い電話が終わって、髪《かみ》をかきむしったままの母はいくぶん冷静になったようだ。

「あら、幸子いたの。おはよう」

「おはよう」

「幸子、十一月三日の文化の日まであと何日あるか数えて」

幸子は、そばの壁《かべ》のカレンダーを見た。

「あと四日よ、お母さん」

返事はなかった。

しばらく続いた沈黙《ちんもく》をお父さんが小さい声でやぶった。

「俺《おれ》が会社休んで、何とかやってみようか」

「いいわよ。何の経験もない人が花木を切るなら、切らない方が花木のためよ。それに道具もないし。どうせやったところで、腰《こし》でも痛《いた》めて面倒《めんどう》なことになるだけよ」

「そうかもしれないが、やらないよりはましかもしれないだろう」

「そんなことで会社を休む気なの、それに素人《しろうと》がやったら五日かかったって終わらないかもしれないのよ、だいいちそんなに休めないでしょう。明後日からは出張もあるじゃないの」

「じゃあ、こうしている間にあっちこっち電話して、庭の面倒《めんどう》みてくれる所を探《さが》したほうがいいじゃないか」

お父さんの言い方が珍《めず》らしく荒《あら》くなった。

「何言っているのよ」

お母さんがキレた。

「私《わたし》は一昨日から、いったい幾《いく》つ電話したと思っているのよ。一度断られた所も入れて五十じゃきかないわよ。性格曲がりそうよ。岡山《おかやま》のお父さんが元気でいてくれたら、何とかなったのに……、あなたは庭で遊ぶだけで庭のためになること、一度だってしたことなかったじゃないの」

お父さんはしばらくお母さんをにらんでいたかと思うと、そっと立ち上がって会社へ出かけていった。

いつも仕事に追いまくられて、家でゆっくりすることの少ないお父さんに、それはないよと思ったけれど黙っていた。

それから、幸子はお母さんから事の重大さを教えられた。

九州にいる久子曾《ひい》お婆《ばあ》ちゃんは、七十五年前に幸子の今住んでいるここへお嫁《よめ》に来た。そのとき迎《むか》える志郎曾お爺《じい》ちゃんは、二百六十坪《つぼ》の土地のほんの端《はし》っこに、住むための小さな家を建てて残りを全部庭にした。木造の家は千葉《ちば》の節子《せつこ》お婆ちゃんたちが住んでいたときに建《た》て替《か》えたり、いくぶん手を入れたりしたけれど、志郎曾お爺ちゃんの造った庭をそのまま大事にする精神は代々ずっと受《う》け継《つ》がれてきた。

その庭はここ数年、浩史の父である岡山《おかやま》のお爺ちゃんが道楽で面倒《めんどう》をみていた。遊びがてら道具を持ってやって来て、ゆっくりと楽しそうに仕事をしていた。幸子のお母さんもお爺ちゃん孝行《こうこう》をする時間が手軽にもててよかったと思っていたが、二年前に死んでしまってからは、満足に庭の手入れはできていない。

気がついたら、おばけ屋敷《やしき》になっていた。

「しょうがないのよね、葬式《そうしき》が終わってからお墓のことや何だかんだで、忙《いそが》しくて、春と秋の剪定《せんてい》の時期を逃《のが》していたのよ」

幸子は何だかんだの中に、自分のことも入っているのだと思った。

「久子曾《ひい》お婆《ばあ》ちゃんは、庭なんか荒《あ》れてたって、みんなの元気な顔を見られればいいんじゃないの」

「でもねえ、幸子。この家の関係者だった、元住んでいた人たちが許すわけないでしょう。久子お婆ちゃんは、自分が死ぬ前に生きているすべての子供と孫と曾孫《ひまご》と親戚《しんせき》一同みんなに会う旅に出ているのよ。そのために、九十六歳《さい》の高齢者《こうれいしゃ》を安全に移動させるべく、全親戚一同が力を併《あわ》せて協力しているのよ。そして、その一番最後がこの家なの。久子曾お婆ちゃんが志郎曾お爺《じい》ちゃんと結婚《けっこん》して初めて住んだこの家と庭が人生最後の旅の締《し》めくくりなの」

「そこがおばけ屋敷《やしき》になっちゃったのね」

幸子がそう言うやいなや、母の目にはみるみる涙《なみだ》がたまってきた。

「本当は来年のはずだったの。でも、それまで身体がもつかどうかが心配されて、急きょこの秋になったのよ。お母さんが油断したのよ。みんなに出す料理や、寝《ね》る蒲団《ふとん》のことばかりに気がいっちゃったからね」

幸子は小学校三年の夏休みに家族で九州に行ったときのことを思い出した。

久子お婆《ばあ》ちゃん。

いちいち曾はつけないで呼《よ》んでいた。呼んでも耳が遠いからなかなかわからないけれど、久子お婆ちゃんは話しかけられたことを、一生懸命にわかろうわかろうとしていた。

幸子よりも少し背《せ》が高かったけれど、今は同じくらいになったかなあ。いっつも笑っているような久子お婆ちゃん。耳は補聴器《ほちょうき》を付けていたけれど、目は大丈夫《だいじょうぶ》かなあ、どれくらい見えているんだろう。とても心配だ。

それから幸子は家の周りや庭の木を見てみた。気をつけて見るとたしかに枝が伸《の》びすぎている。前に通れたところが通れなくなっているし、庭の木戸も周りの枝が邪魔《じゃま》してうまくは開かない。岡山《おかやま》のお爺《じい》ちゃんが来ていたときは、こんなじゃなかった。空ももっと見えたはずだ。うっそうとしている。縁側《えんがわ》の周りや家に近い所の木は、家をのみこむようだ。光と風がない。

何だこりゃ。

ほんとに、おばけ屋敷《やしき》だ。今まで庭どころじゃなくて、ぜんぜん気がつかなかった。

その日の夜、幸子は夕飯が終わってからも二階に上がらず、母が造園会社へ電話するそばにいた。

かわいそうで声がかけられない。

電話帳の赤い線はどんどん増えていく。時がたつにつれて話し合いは不利になってゆくらしい。

「庭のことに精通している昔気質《むかしかたぎ》の職人さんに来てもらいたいけれど、もうあきらめようかしら」

「何で」

「だって、庭の広さや木の数ならまだしも、やって欲しい期限を言うだけで断られるのよ。断られたあげく、ずっと先に予約をするよう迫《せま》られて、それを断るのが面倒《めんどう》なの」

「お母さん」

「何よ」

「うちの庭を造った志郎曾《ひい》お爺《じい》ちゃんはあたしのこと知ってるの」

母はまじまじと幸子を見た。

「知らないわよ。もう死んじゃって三十年くらいたつのよ。お母さんが、たしか小学校の三年か四年のときだったかな。九州のお兄さんの所へ引っ越して、向うは温かいから喜んでいたんだけれど、もしかしたらこの庭を見ながら死にたかったのかもしれないわね」

「子供の前であんまり死ぬ話はよくないよ」

「そうね、でも人間はみんな死んじゃうのよ」

明らかに靖子《やすこ》は投げやりになっている。

「お母さん」

「何よ」

「これは？」

幸子はぶ厚い電話帳の端《はし》に、松の絵柄《えがら》で囲いこみのある広告を指差した。そこにかわいいカラスみたいな絵が書いてある。よく見るとそれは植木に使うハサミらしい。でも、すごくかわいい絵だ。

「そこに電話してみたら」

母は気のない顔をして、ウンザリした目を向けている。

「もういいよ」

「かわいい絵だよ」

「うちは恐《こわ》いおばけよ」

「お母さん、グレないでよ」

そして幸子は、お母さんの爆発《ばくはつ》した頭を見てさらに心配になった。

「お母さん」

「何よ」

「美容院は予約してあるの？」

母の細くなった目がみるみる丸くむき出しになった。

「ぎゃあっ、忘れてたっ。今何時、お店閉まってるけれど、ちょっと行って予約入れてくるわ。その方が確実だから」

お母さんがばたばたと行ってしまって、幸子はぽつんと一人残された。そして三年前に九州で久子お婆《ばあ》ちゃんと別れたときのことをまた思い出した。

細い紺地模様《こんじもよう》の浴衣《ゆかた》を着て、寝《ね》ているときも起きているときもいっつも同じ笑ったままの顔で、ゆっくり首を縦《たて》に振《ふ》っていた。最後に幸子の手を握《にぎ》り締《し》めてくれた。
お婆《ばあ》ちゃんは今でも笑っているのかなあ。幸子はそう思った。泣いている顔は想像したくなかった。人生最後の旅か。何だかんだあっただろうなあ。小六のあたしでさえあったんだから。今年の春に好きだった先生や友達が転勤《てんきん》や転校でいなくなったりしなければ、あたしはもっと落ち着いていられて、この家の庭ももう少しまともだったかもしれない。
幸子はふとさっきの松の絵で縁取《ふちど》られた広告を見た。小橋造園《こばしぞうえん》と書いてある。庭がおばけになっちゃったのは自分にも少し責任があるのだから、一回だけでも電話をしてみようかなと思った。気が進まないけれど、言い方はお母さんの電話を何回も聞いてだいたい分かったし、それにハサミの絵がかわいいから子供でも電話していいだろう。何か変だなと思ったけれど、こわごわボタンをプッシュした。
トルルルルー、トルルルルー
出なかった。
トルルルルー、トルルルルー
そうとうしばらくして、トルルルルーが止まった。切れたのかと思ったら、声がした。

よぼよぼのお爺《じい》さんが寝《ね》ながらお風呂《ふろ》に入っているような声がした。

たぶん「小橋造園《こばしぞうえん》です」と言ったと思ったので、お母さんが話していたことを思い出して言おうとしたけれど、呼《よ》び出《だ》し音が長かったから全部忘《わす》れてしまった。しょうがないから、九州の久子曾《ひい》お婆《ばあ》ちゃんが来ることなんかを言ってしまって、馬鹿《ばか》だなと思ったけれどお母さんがあっちこっちに電話して全部断られて、さらに今美容院に行っていることまで言ってしまった。でも、なんの反応《はんのう》もないので、破れかぶれで思いついたことを言いまくった。たまにシワガレタ声が聞こえる。このお爺さんは大丈夫《だいじょうぶ》なのかなと思ったけれど、久子お婆ちゃんのことを考えると、それどころではなかった。何しろ人生最後の旅をおばけ屋敷《やしき》で締《し》めくくらせるわけにはいかない。志郎お爺ちゃんの造った庭はそんな庭なんかじゃないよ。何だか久子お婆ちゃんに話しかけているような錯覚《さっかく》もしたけれど、電話のお爺さんは、なんか分かってくれたみたいだった。

「えっ、何ですか、電話番号ですか？」

話し方を聞いていると、死んだ岡山《おかやま》のお爺ちゃんの謡《うた》いを久しぶりに思い出した。そうだ、ゆっくりと言わないといけない。うちの電話番号をゆっくりと大きな声で言った。電話のお爺《じい》ちゃんは番号を漢字で縦《たて》に書いているにちがいない。何回も確認《かくにん》した。そして、最後にわりとハッキリとした声が聞こえた。

「イチムラト、タサカトイウモノガイキマス。カナラズセイキチニイワレタトイッテクダサイ」

お母さんが家に帰るのと幸子が電話を切るのとが同時だった。

「あんた知らない人と電話で話ができたの？」

母は半信半疑《はんしんはんぎ》で幸子の言ったことを聞いていた。幸子も知らない大人と話したのは何ヶ月ぶりかと思った。でも、あのセイキチと言った人はちゃんとした大人だ。幸子にはわかった。幸子の言うことを全部ちゃんと聞いてくれた。子供だからといってごまかさなかった。

その夜遅《おそ》く、小橋造園から電話があった。

待ちかねていたお母さんが電話に出たのを確認《かくにん》すると、幸子は蒲団《ふとん》にもぐりこんだ。そして、セイキチさんのおっとりとした話しぶりを思い出しながら、ゆらゆらと眠《ねむ》りについた。

2　下見

翌《よく》十月三十一日の昼前、小橋造園《こばしぞうえん》の社長小橋清次《せいじ》は中上家の門の前に立った。柊木犀《ひいらぎもくせい》の生垣《いけがき》を見ている。

人が通るあたりの飛び出た枝は切ってあるが、だいぶ手を入れていない生垣で、上部が異様《いよう》にふくらみ下部は光があたらず枝があがっている。生垣の切れている所が門だが門柱はない。そこから大きめの御影石《みかげいし》をいくつか敷《し》いて、玄関《げんかん》まで斜《なな》め北へしだいに細くなる道がはいる。その御影石を三つほど進んだ所に、生垣に侵食《しんしょく》されて取っ手が見えなくなっている枝折戸《しおりど》がある。目の高さの部分が割《わ》り竹の格子で下は竹穂が三段《だん》になっている。この凝《こ》った木戸から庭へ直接入れるらしい。さらに御影石を何歩か進むと、那智石《なちいし》を密《みっ》に敷《し》き詰《つ》めたガラスの引き戸の玄関で、脇《わき》には縦長《たてなが》の大きい甕《かめ》があった。

玄関《げんかん》の正面に黒松《くろまつ》。

玄関のさらに奥《おく》、建物の角には隠蓑《かくれみの》。枝葉が家とブロック塀《べい》の間を完全に隠《かく》し、二階の窓にもかかっている。

玄関の引き戸を開けるとコンクリート打ちっぱなしのやや広めの玄関下。たたきも広く正面に玉の簾《すだれ》が架《か》かっていて狭《せま》い廊下《ろうか》が左右に伸《の》びているのが見える。

小橋清次はごく簡単《かんたん》な挨拶《あいさつ》だけを済《す》ませ、すぐ庭を見せてもらいたいと所望《しょもう》した。

木戸を開けて入った。

槇《まき》が出迎《でむか》えた。

竹組みは素人《しろうと》の作りとすぐわかるが丁寧《ていねい》な出来《でき》だ。木造の家の脇《わき》の、庭へ続く小道には竜《りゅう》の髭《ひげ》。東は道路と庭を遮断《しゃだん》する柊木犀《ひいらぎもくせい》の生垣《いけがき》が庭の奥まで続いている。その生垣に沿《そ》って木斛《もっこく》が五本。四、五歩進むと庭全体が見渡《みわた》せた。

東側から、まず高さ十メートルほどの白木蓮《はくもくれん》。自然樹形だ。他所の白木蓮よりもだいぶ早く葉が落ちている。その横に見事に大きい枝垂紅葉《しだれもみじ》。枝がほとんど見えず地面につきそうなほど葉が茂《しげ》っている。その少し手前右に満天星《どうだんつつじ》。奥に薄《すすき》らしいものが見える。そして、山吹《やまぶき》が横いっぱいに広がって、西の端《はし》にある白雲木《はくうんぼく》に続く。個人の庭には珍《めずら》しい木だ。八メートルはあろうか、これも自然樹形だ。それらの木の南側は寒椿《かんつばき》を数本置いて、柾《まさき》と椿《つばき》の混垣《まぜがき》が隣家《りんか》との境を作っている。

西側は梔子《くちなし》の生垣《いけがき》だが枸橘《からたち》が少し混ざっているようだ。家の裏《うら》は榊《さかき》と青木《あおき》が何本かある程度で、生垣は途中《とちゅう》からブロック塀《べい》になって北側をぐるっと回り、東の柊《ひいらぎ》木犀《もくせい》の生垣まで続く。

庭に面した南西の角に枇杷《びわ》。鬱蒼《うっそう》という言葉そのものになっている。枇杷の根元近くに水道。その辺りから雪柳《ゆきやなぎ》、大きな二本の百日紅《さるすべり》、猫柳《ねこやなぎ》に見《み》え隠《かく》れしながら、濡《ぬ》れ縁《えん》が清次の立っている所までのびている。

庭の中ほどは周りの木々に囲まれて、ポッカリと手頃《てごろ》な広さであいている。庭というよりもハイキングの途中で見つけたような空間だ。家族がレジャーシートに座《すわ》り、子どもがボール投げをしながら走り回れる広さがある。もし手入れをしていたらそのスペースは土と草の素敵な場所だろう。清次にはこの広い敷地《しきち》にたったこれだけの花木しかないということは、専門家《せんもんか》としてどういうことかわかった。

よほど花木が愛されていたのだ。

普通《ふつう》はスペースがあればあるだけ花木はどんどん際限なく増やされて、落ち着きのない雑多な庭になる。しかし、ここは最初に庭を作った人の気持ちをいまだに残している。

清次は昨夜、父である清吉《せいきち》の言った言葉を思《おも》い浮《う》かべた。

「行ってみろ、自分がやりたくなるような庭だぞ」

その清吉の言ったとおりだった。猫《ねこ》の手も借りたいほどの、忙《いそが》しい時期でなかったら、是《ぜ》が非《ひ》でも自分の仕事にしたかった。


幸子は蒲団《ふとん》の中で気分が重かった。

今日は学校に行こうと思っていたのに、やっぱり起きられなかった。それに、庭に知らない人が入っている。誰《だれ》だかわからない人が庭を歩いているのは、それだけで落ち着かない。

もう少し蒲団にくるまっていようと思って、昨日の電話を思い出した。

そうだ、あの変なお爺《じい》さんが来ているのかもしれない、たしかセイキチとか言っていた。

幸子はその人が家の周りをぐるっと回って玄関《げんかん》に入るのを見計らい、急いで着替《きが》えてから階下に下りていった。でもお爺《じい》さんじゃなかった。ただのおじさんだった。幸子は玄関にいるお母さんの背中《せなか》にそれとなくまわって観察した。

おじさんは顔にしわを寄せて、じっとノートを見つめている。ずいぶん使《つか》い込《こ》まれたノートだ。幸子の一学期分のノートとはわけが違う。それにやたらとぶ厚い。字や記号やらが所狭《ところせま》しと書き込まれていてびっしりだ。それをめくりながら少し唇《くちびる》を突《つ》き出《だ》したり、たまに唸《うな》ったりしている。たぶん年は五十歳《さい》くらいだろう。

幸子はこのおじさんがもうすぐ何を言い出すか見当がついた。お母さんもそれに対して身構えているのがわかる。じっと待っている二、三分は長い。昨夜のセイキチという人の言葉が思い出された。

カナラズセイキチニイワレタトイッテクダサイ……

靖子は断られる理由を、時間をかけて見つけ出されたら困ると思った。場つなぎにお茶でも出そうとしたときにやっと話しかけられた。どっしりとした渋《しぶ》みのある声で、予想とは裏腹《うらはら》の内容だった。

「明日七時に二人伺《うかが》います。昼に一人が他へ回ります。二日目はほぼ残った一人でやりますが、両日とも別の者が夕方近くに加わります。生垣《いけがき》は電動ノコを使います。自然樹形のものを含《ふく》めて、全てこちらの判断で刈《か》らせて頂《いただ》いてよろしいでしょうか」

ノートを見ながらしゃべりはじめたが、最後は母の方へ顔を向けた。

「はい。なにとぞよろしくお願いいたします」

靖子は仕事を頼《たの》めたことに震《ふる》えた。すべてを任せようと思った。

「特に注意してほしい点は、明日の朝二人に直に言いつけてください」

「はい」

「それとゴミ袋《ぶくろ》を百ほどご用意下さい」

「えっ、百ですか」

母は驚いて聞き返した。

「はい、東京都推奨《すいしょう》のあのビニールのゴミ袋です。もう少しあってもいいかもしれません。できればガムテープが二つほどあれば助かります。ゴミが多くなり処分《しょぶん》にお困りになると思いますので、我々《われわれ》で引き取らせていただきます。その代金を含《ふく》めて十六万五千円です。

両日とも夕方六時を過ぎるようでしたら、三十分に付き三千円加算させて頂《いただ》きますがよろしいでしょうか」

「はい、結構でございます。あの……」

「はい」

「何という方がおみえになるのでしょうか」

「市村《いちむら》という者と田坂《たさか》という者を寄こします」

おじさんはそう言いながら、幸子のほうを向いてにやりと笑った。幸子はきのうセイキチさんが言ったのは、たしかそんな名前だったと思った。おじさんの顔はさっきまでとは別人のようにやさしくなっている。

「ありがとうございます」

母は板の間に正座《せいざ》して頭を下げた。


その夜靖子は、夕食の洗《あら》い物《もの》が終って居間に座《すわ》り、小橋造園《こばしぞうえん》の社長が庭を眺《なが》める後姿《うしろすがた》を思い出した。そして、玄関《げんかん》で仕事の段取《だんど》りを考えているときの、あの緊張《きんちょう》感に包まれた濃《のう》密《みっ》な時間はいったい何だったのだろうと思った。

あの人は半端《はんぱ》な人じゃない。ひょっとして……

靖子は握《にぎ》っている湯飲みを見つめた。小さな茶柱がかすかに揺《ゆ》れている。

今日の夕方、岡山からは九州の久子曾《ひい》お婆《ばあ》ちゃん一行が、無事に着いたと連絡《れんらく》がはいっていた。

旅は始まっている。

とにかく、ぎりぎり間に合いそうだ……、そう思った。

3　木戸

次の日の朝。

幸子は車が家の前に停車する音をベッドの中でぼんやり聞いた。二つのバタンという音のすぐ後にピンポンがなった。そして、お母さんの声がした。また家の庭に知らない人が入ると思った。学校に行こうと思うと邪魔《じゃま》が入る。ついてないよ。金属質の音がして、何かを引きずるような音もした。朝は本当に苦手だ。今日も起きられない。お母さんも起こしにこないし、学校はまたおあずけだ。

ぼうっと天井《てんじょう》を見上げていると、すぐそばで飛行機が飛んでいるようなうるさい音がし始めた。ああこれが電動ノコギリっていうのかなあ、辺りかまわずがなりたてている。

闇《やみ》に逃《に》げたい、幸子は蒲団《ふとん》の中に深くもぐった。

……　……　……

しばらくぐっすりと寝《ね》ていた。でも何か心地《ここち》よく呼《よ》ばれているようで、夢うつつに響《ひび》く音を追って現実の世界に近づいた。

真っ暗な布団の中でいくつもきれいなパチンという音が鳴った。

真っ白なシーツの上にもそのパチンは降《ふ》ってきた。

窓のそばで音がする。だんだん近づくようにも思えたが、ふとすると全く違う方で鳴り出した。嘴《くちばし》のとっても硬《かた》い鳥が来ているようだ。せっつくようにパチンパチンとせわしなく鳴るときもある。チョキンと音がするときもある。幸子は笑った。チョキンだって、あわてものネ。

童謡《どうよう》の「あわて床屋《どこや》」を小さく歌っていると、幸子は音の出るところを盗《ぬす》み見《み》たくなった。ベッドから出て、厚手のカーテンを少し開けて庭を見た。もうだいぶ真昼に近い光だ。

そして、生垣《いけがき》を見て仰天《ぎょうてん》した。

何だこりゃあ！

てっぺんが真っ平らになっている。

そして、下の方が少し広めのかっちりした台形になっている。ものすごいスリムだ。さっきの電動ノコの仕業《しわざ》にちがいない。東から南と西すべて同じように刈《か》られている。「あわて床屋《どこや》」にさっぱりさせられた葉っぱの滑走路《かっそうろ》みたいだ。

歌の続きをハミングしていると、玄関《げんかん》前で職人さんが一人ものすごい勢いで落ちた枝葉をビニール袋《ぶくろ》に詰《つ》めているのが見えた。「あわて床屋」どころではない猛烈《もうれつ》なスピードだ。

見ているだけで目がパッチリ覚めた。

カーテンを全開にした。昨日まで葉に隠《かく》れていた窓から、鋭《するど》い光りが射《さ》して透明《とうめい》な花瓶《かびん》の底をカチンと音させて反射《はんしゃ》している。

頭がカーンとした。

パジャマを着替《きが》えて顔を洗《あら》い、髪《かみ》を結んで、一階に下りて食事をすませ、歯を磨《みが》いて、軽く腕《うで》や背《せ》を伸《の》ばしていたら、お母さんがけげんな顔を見せている。

「さ、幸子」

お母さんが不思議そうに言った。

「なーに」

「大丈夫《だいじょうぶ》？」

「何が？」

「何がというわけじゃないけど、どこかに行く気なの。買ったばかりの服なんか着ちゃって」

「まさか」

学校へいけない日に、その辺をうろうろされたくないのはわかる。

「久しぶりに目が覚めたの、あたし」

「それはわかってるけど。植木屋さんが来ているのよ」

「知ってるよ。でもそんなことより、今日は学校に行きたかったなあ。久しぶりにクラスの誰《だれ》かと猛烈《もうれつ》に遊びたい気分なんだよ」

「あら、ずっとそんな日が続くといいわねえ」

言いながらお母さんは幸子の瞳《ひとみ》を見つめた。

そのとき玄関《げんかん》を開ける音がして、母はすぐ出て行った。若《わか》い男の人の声がする。

「私《わたし》だけ上がらせていただきます。玄関《げんかん》周りの松《まつ》と槙《まき》などは終わりました。今簡単《かんたん》な片付《かたづ》けだけしています。切った枝葉ですが今日出たものは今日中に運び出したいのですが、車に乗せられるだけ乗せて、残りは明日以降になりますがよろしいでしょうか」

「はい、もちろん結構でございます。よろしくお願いいたします」

「それでは本日はありがとうございました。何かお気付きの点がありましたら、田坂の方におっしゃって下さい。失礼いたします」

きびきびとして品のある落ち着いた話し方だった。

「ありがとうございました」

靖子はすんでのところで「お気をつけて」と言うところだった。

「今朝からあの人たちすごいのよ、プロなのよ、幸子」

「どしたの」

「ちょうどお父さんが出張で出かけるときに玄関で出くわして、挨拶《あいさつ》を受けたんだけど、それがものすごく丁寧《ていねい》なの、今も聞いていたでしょ。あの人、市村さんて言うんだけど若《わか》いのよ。もうビックリしちゃって、あんなきちんとした人が来るなんて思わないものだから、お父さんも朝からあわてていたわよ」

「ふーん」

「仕事もねテキパキ速《はや》いのなんのって無駄口《むだぐち》一つきかずに、さっささっさ、ぱっぱぱっぱやるのよ、見ていて気持ちいいほどよ。プロなのねえ、いい人を寄こしてくれたわ、さすが小橋清次さんね」

「誰《だれ》それ」

「あら、きのう来た社長さんよ」

「その人が今日の人をまわしてくれたわけ？」

幸子は、セイキチさんよって言おうとして、説明が面倒《めんどう》だからやめた。

「そうよ、感謝しなくちゃ。わざわざ九州から久子お婆《ばあ》ちゃんが来て、志郎お爺《じい》ちゃんの造った思い出の庭に入るのに、変な人が煙草《たばこ》捨てたり、唾《つば》を吐《は》いたり、下品な話しながら葉っぱ刈《か》られていちゃ、あまりにも可哀相《かわいそう》だからねえ」

靖子はほっとしながらも、幸子の目がいつもよりしっかりしていることを見逃《みのが》さなかった。

「幸子、今庭でやっている人にお茶《ちゃ》出してくれる？」

「えーっ、恥《は》ずかしいよ」

身だしなみがいつもと違うからって、すぐに新しい行動に移れるわけじゃないよ。今は多少元気だけど、あたしは、えーと何て言ったっけ、そうそうユーウツ性気分メイリ症《しょう》なんだから。

「ならいいのよ」

「お母さんは嬉《うれ》しそうねえ」

「そうお、もうすぐみんなみえるでしょ、綺麗《きれい》なお庭をまたご披露《ひろう》できるじゃないの。玄《げん》関《かん》前の松がすごいのよスッキリして、それはもうこれぞ松っていう感じなのよ。見てごらんなさいよ。ビックリするから。玄関の横のオバケみたいな木があったでしょ、あれもスッキリして、横を楽に通れるようにしてもらったのよ、幸子ちょっと行って通ってきたら」

「いいよ、馬鹿《ばか》みたい」

お母さんがそんなにはしゃぐ気持ちがわからない。

「それからね、木戸の所の槇《まき》。あれが生まれ変わったのよ」

「生まれ変わった？」

「そう、お父さんビックリするわよう、槇好きだから。でも出張から帰るまで見られないの、かわいそうだわ」

「お母さんが生まれ変わったんじゃないの」

幸子は笑った。

「生まれ変わりたいわよ、生まれ変われるものなら。槇を見てきなさいよ」

「後で自分の部屋から見るからいいよ」

「上からじゃだめなのよ、さっ、早く」

お母さんにせきたてられて幸子は立った。縁側《えんがわ》からだと職人さんに見られるから、玄関《げんかん》から出て木戸にまわった。

木戸の上にそって槇の長い枝が伸《の》びていた。あぜんとした。急に生えたわけでなし。どうして？　幹に取ってつけたわけでもないだろうし。

後ろで靖子が笑っている。幸子も笑った。

「引《ひ》っこ抜《ぬ》いて植えなおしたの？」

「あたし実はずっとこの作業を見ていたのよ。さっき帰った市村さんていう人がね、変なクワガタみたいな大きなハサミであの向こう側の上の方に飛び出ていた幹のあちこちを切るのよ。切るというか縦《たて》に筋《すじ》を入れるの、幹の真ん中に。そうしてね田坂さんと協力しながらその枝をねじっていくのよ、ぐうっとねじってそしてまた反対にねじって今の所で固定したの。そこの部分は藁《わら》で巻《ま》いてあるから見えないけれど驚いたわよう。人間の腕《うで》のようなんだから。向こうのモッコクの脇《わき》に板を立ててそこからしばらくの間、ヒモで引っ張って矯正《きょうせい》するんだって」

さらに槙《まき》には新しい竹が枝を支えるようにいくつも組まれていて、曲げられた枝といっしょに荒縄《あらなわ》で結いあげられている。

「あの枝、大丈夫《だいじょうぶ》なの、痛《いた》くないかしら」

「大丈夫なんだって、これで立派《りっぱ》に門かぶりになったわあ、お父さんビックリするわよう」

「木戸かぶりでしょ」

そう言って振《ふ》り向《む》いて、はじめて松《まつ》に気がついた。

松も別人になっていた。

特に松なんか好きでも何でもないけれど、古い葉を落としてものすっごくスッキリしている。松の葉ってこんなに細かったのね。前からそこにあったなんて信じられないくらいだ。ヒゲモジャの不潔《ふけつ》な親父みたいだったのに、今は天からスーッと降《お》りてきてポーズをキメている若《わか》い役者みたい。

よくわからないけれど、見事な松なんだと思った。

「幸子、ここ楽に通れるのよ、ほら」

と言って家の北側の通路でお母さんが手招きしている。

「もうメーターを見に来る検針《けんしん》の人に迷惑《めいわく》かけないですむわねえ、この木カクレミノっていうんだって、おかしな名前よね、今庭にいる田坂さんていう人が教えてくれたの。そういえばずっと昔、岡山《おかやま》のお爺《じい》ちゃんもそう言っていたような気がするわ」

その時、急に木戸が開いてその田坂という人が出て来た。幸子を見て近寄ってきた。幸子は驚いたが下を向いてじっとしていた。母が横に立った。

「田坂です。よろしくお願いします。今日はお庭の剪定《せんてい》に来ました」

予想外にきれいな声だった。

幸子は下を向いたままちょこんとお辞儀《じぎ》だけした。相手はもうお母さんの方を向いているのがわかった。

「これから、食事休憩《きゅうけい》させていただきます。戻《もど》りましてから、お庭で休ませていただいてよろしいでしょうか」

「はい、どうもご苦労さまです、もちろん結構でございます」

幸子は職人の足元の変な靴《くつ》を見ていた。靴《くつ》というよりも長い足袋《たび》みたいなものを履《は》いている。着ている物も変だ。お父さんと去年行った江戸《えど》東京博物館に飾《かざ》ってあったような昔の服を着ている。

その変な格好の人がくるっと向きを変えた。

幸子が首を上げると紺色《こんいろ》の生地の背中《せなか》に白く、庭という一文字《ひともじ》が大きく染《そ》め抜《ぬ》かれているのが見えた。肩《かた》から垂《た》らした日本手拭《てぬぐ》いがその横で揺《ゆ》れている。地面に敷《し》かれた御影石《みかげいし》の数と同じ歩数でさっそうと歩いて行った。

庭の専門家《せんもんか》だ。幸子はあの人なら庭にいてもいいと思った。
何か晴れやかな気がした。スッキリと刈《か》られた生垣《いけがき》の葉のすき間から光が通っている。
木戸が、伸《の》びた髪《かみ》を切った後の耳みたく全部見えている。
なんか恥《は》ずかしい、でも気持ちいい。

4　メダカ

お母さんが家に入ってしまっても、幸子はまだ玄関先《げんかんさき》にいた。こんな新しい服でここにいること自体が珍《めずら》しく思える。

かたわらの深い甕《かめ》をのぞきこんだ。水面にまで懐《なつ》かしい光が射《さ》しこんでいる。最近はこの甕の中ものぞいていないなあ。幸子はじっと水中に目を凝《こ》らした。何も見えない。メダカがいるはずだけど、夏じゃないからずっと下の方で寝《ね》ているんだ。と、そのとき、サッと目をかすめたものがある。

今の何？

それは一瞬《いっしゅん》、幸子を見て逃《に》げたみたいだ。なんか見覚えがある。何だろう、メダカみたいだったけど。

水中をなおもじーっと見つめていた幸子は、何かの気配を隠《かく》しながら、息をひそめているものを感じた。水中は暗く、澄《す》んでいる。メダカなら悪意はない。けれど同じ部屋の同じ空気の中で無理に静けさを装《よそお》ったものには悪意を感じる。水中にのびた光の影《かげ》に、幸子は学校の廊下《ろうか》や教室の風景を思い出した。

誰《だれ》もいない。でも誰もが自分を見ている。

みんな見ているくせに、幸子が近づこうとすると急に無視《むし》する影たち。

いやだ、いやだ。

今の職人さんとはぜんぜん違う空気を思いだす。その雰囲気《ふんいき》は新学年が始まる前からすでに蔓延《まんえん》していた。

静子《しずこ》はどうしているかなあ。五年の終業式まで毎日ずっといっしょだった静子……。あの日、転校するとわかった日、二人でずっと泣いたよね。別れるなんてどうしても納得《なっとく》がいかなかった。だから、文通ばかりしていて、静子がいなくなってからしだいに変化していった友だちどうしの力関係が、私《わたし》にはわからなかった。

六年生になるということは、受験生かどうかで学校にかける比重が微妙《びみょう》に違ってくるということだった。それに学校では見えない塾《じゅく》内のハバツや、大きな会場テストで発表される成績に気持ちが敏感《びんかん》になりすぎるくらいになっている。特に女の子たちの一喜《いっき》一憂《いちゆう》は激《はげ》しい。

何日も水を取《と》り替《か》えていない水槽《すいそう》のように、よく知っている友達の心の色が変わっていた。

静子に感じていたと同じような親密感《しんみつかん》をまわりに求めようとして、周囲にとんでもない波紋《はもん》を及《およ》ぼした。場をわきまえない鈍感《どんかん》な子だと思われてクラスで浮《う》いてしまった。幸子を遠《とお》ざけることで他のみんなは微妙《びみょう》にバランスをとるようになった。その冷たい目配せに幸子は耐《た》えられなかった。

それでもたまに、声をかけられることがあった。

一日体験入学（無料）

幸子はそう書かれたチラシとともに、留美《るみ》から算数受講券なるものを握《にぎ》らされた。

「受験しない子も入れるクラスだから、おいでよ」

留美の横にいる恵理《えり》からもやさしく言われた。

普段《ふだん》はそっけなくされる人から言われて、警戒《けいかい》しないわけではなかったが、断ることのできない強引な雰囲気《ふんいき》に負けて、つい生まれて初めて塾《じゅく》に行った。しかし、それは気軽に参加させることで入会に導く大人たちの罠《わな》の連続にはまることだった。

学校の先生よりも格段《かくだん》にうまくて面白い教え方の途中《とちゅう》で、幸子は何回もほめられた。授業後には何気なく廊下《ろうか》で勧誘《かんゆう》された。

「君はなかなか分かりがいいなあ。やればもっとできるようになるよ」

そういう先生の表情を幸子は誘拐犯《ゆうかいはん》と同じ顔をしているのじゃないかと思った。勉強というより商売の臭《にお》いがする。教えるというより、ほめて気持ちよくさせるのがねらいみたいだ。待ち受けていたような留美と恵理も、ここぞとばかりに「いっしょに勉強しようよ」とまくし立てる。入会者を紹介《しょうかい》した場合は彼女らに特典が与えられるのだ。幸子は受験をしないからという理由にへばりついて逃《に》げた。

「それじゃあ、夏の講習だけにしよう」

やっと入会を断った後にも、次の手が用意されていた。幸子はこの講習というものに胸《むね》の悪くなるものを感じて、キッパリと断った。しかし、入会者を紹介させるために、塾側が選んで目をつけた生徒たちは、大人のように営業を競える神経の持ち主だった。

留美と恵理は幸子の家の玄関《げんかん》までついて来て誘《さそ》った。

「講習の五日間だけなんだから、いいじゃん」

「そうだよ、うちら二人からの紹介《しょうかい》なら特別に二割引だって、さっきの先生も言ってたよ」

幸子はお母さんにこのことを知らせる前に、かたをつけようとしてきつめに断った。お母さんを間にはさむと関係がこじれると思ったからだ。

息の詰《つ》まるような無音の時間が流れて、留美は講習の申《もう》し込《こ》み券をそっと甕《かめ》に浮《う》かべて帰って行った。

明くる日は何事もなかった。他の生徒から別の塾《じゅく》の勧誘《かんゆう》を受けただけだった。しかし、後でやんわり断ろうと思って受け取った無料の受講券をカバンから盗《ぬす》まれて、学校のあっちこっちにばらまかれた。それには幸子の名前があらかじめ書かれていた各授業の招待券も混じっていた。留美と恵理がやったことだった。

幸子は塾にも誘われなくなった。校内で盗まれた物が幸子のカバンにたまに入れられた。

それらの物はどんなに可愛《かわい》い物でも心を腐《くさ》らせた。

商店街で立ち話をする母親たちの話題でも、幸子は悪者になっているらしいと陰口《かげぐち》された。

人形劇《にんぎょうげき》の鬼婆《おにばば》みたいだよ。きれいでやさしい娘《むすめ》がある時陰《かげ》で、突然《とつぜん》ものすごい形相《ぎょうそう》になる。口が裂《さ》けて大きく開き、同時に目がつり上がって髪《かみ》も振《ふ》り乱《みだ》す。人間の本性ほど恐《こわ》いものはない。無表情に無視《むし》されるたびに幸子はそんなことを感じた。

あの頃《ころ》だ、朝起きられなくて学校を休みがちになり、外に対して心をふさぐようになったのは。四年から続けている課外の合唱クラブで、ずっといっしょだった子が同じクラスにいなかったら、本当に不登校になっていたかもしれない。

劇の人形は恐《おそ》ろしく化け、そして化け終わった後はたまらなく淋《さび》しそうだったけれど、クラスでは化けることもできない自分だけがたまらなく淋しかった……

私《わたし》はこの世を創《つく》った見えないけれどやさしいものを、ぼうっと静かに感じている時間が好きだ。幸子はそう思った。

カクレミノの葉の影《かげ》が揺《ゆ》れている。

さっき甕《かめ》の中に見えたものは何だろう。何かとても懐《なつ》かしいもののような気がする。足元の小石を拾ってそっと水の中に落とした。小石はすーっと暗い底の方に消えていった。きっと何匹《びき》かのメダカがビックリしているはずだ。しばらく見えるはずもない甕の底を見ていた。

5　歌舞伎

さっ、気分を変えて久しぶりに木戸を開けてみようかな。

幸子は門かぶりの下の戸をくぐった。

「こんにちは」

なんだかキリッとして改まった感じになる。

縄《なわ》でぐるぐる巻《ま》きにされた槇《まき》を見た。きれいに葉が揃《そろ》っていた。松《まつ》よりかわいいと思う。

確かお父さんがラカンマキって言っていた気がする。黒いヒモで引っ張られている。

庭に歩いていくと真ん中に青いシートが敷《し》かれて道具がたくさん置いてあった。きちんとそろえてある。初めて見るようなハサミがいっぱいあった。ベッドの中で聞いたパチンパチンという音をさせたのはどれかなと思う。ごつごつした恐《こわ》いようなハサミの中に、ひょうきんなカラスみたいな黒いのが混じっている。

あっ、これは電話帳に描《えが》いてあったあのかわいいハサミだ！　間違《まちが》いない、このハサミだ。触《さわ》ってみたかった。

その横にペリカンそっくりのハサミもあった。目つきと口の特徴《とくちょう》が本当にペリカンだ。オカシイ。そして、もっとオカシイのがあった。カエルが泳いでいてちょうど足を伸《の》ばしたところみたいなハサミだ。

「カワイイー」

思わず声に出した。こんなのが並《なら》んでいると思うと、どうしてもオカシイ。青いシートの上だからよけいに目立つ。

「りんご食べる？」

縁先《えんさき》のお母さんから声をかけられるまで見ていた。

「本当にこんなにたくさんの道具を使うのかなあ、さっきの江戸時代《えどじだい》の人みたいな職人さんは」

「そうなんじゃないの」

「歯医者さんみたいにいっぱいあるね」

「そうねえ」

母は笑った。幸子の生気がまた増してきていると思った。

幸子は二階の自分の部屋にもどってりんごをかじった。力強くがぶりとやった。口の大きさにりんごの穴《あな》があいた。むしゃむしゃ食べた。オイシイ。もう一つくらい食べられそうだ。

もぐもぐさせながら、松《まつ》を見下ろした。

細い葉がみんなツンツンそろっている。

槇《まき》も見た。木戸に沿《そ》って、正しい方向に枝が伸《の》びていると思った。

岡山のお爺《じい》ちゃんと見た歌舞伎《かぶき》でもあんな感じの木戸が舞台《ぶたい》にあったなあ。眠《ねむ》っちゃったから、始めと終りしか覚えていない。

始めは雪が降っている所で、太鼓《たいこ》がどーん、どーんって鳴っていた。しんしんと降る雪じゃあない。歌舞伎ではどーん、どーんって降る雪だった。お兄さんがお蕎麦《そば》食べてた。

さっきの田坂さんみたいな格好した人。ほっかむりをして木戸を開けて入ってきた。

終りはその人と女形《おやま》とかいう、とても男とは思えない女の人が悲しがってた。そして、男の人が「もうこの世じゃ逢《あ》わねえぞっ」て言って花道を走り去って行った。

あの始めと終わりの合計三分くらいに、馬鹿《ばか》高い観劇料《かんげきりょう》を払《はら》ったお爺《じい》ちゃんはかわいそうだった。

でも、今思うとカッコよかった気がする。何がかは分からないけれど、いさぎよかった気がする。お蕎麦《そば》食べて、女と別れて、雪の中を走り去る人生——。

何か今日の私《わたし》は変だ。どうしたんだろう？　いろんなことが思い出される。人生お終《しま》いに近いのかな。りんごもう一つ食べたいな。それとも格式張った松《まつ》と槇《まき》にほだされたか。

いやいや、そうじゃない。目覚めがよかったんだ。

あっ、職人さんが帰ってきた。

木戸を開けようとする田坂さんが見えた。槇《まき》をちょっと見て庭に入って来る。幸子もつられて南側の窓に移った。

歌舞伎《かぶき》で寝《ね》ちゃった分、じっと見るのも悪くない。動きを細かく追ってみよう。

道具の置いてある青いシートを少し見ている。しばらくするとハクモクレンの方へ歩いて行った。じっと見ている。かなりじっと見ている。ススキを見た。じっと見ている。白《はく》雲木《うんぼく》を見た。近づいた。見上げている。じっと見ている。振《ふ》り向《む》いた。座《すわ》った。またハクモクレンを見ている。白雲木に背《せ》もたれた。ハクモクレンの上の方を見ている。何を見ているんだろう。何を食べてきたんだろう。お弁当じゃなかったから、田坂さんて結婚《けっこん》してないんだ、きっと。煙草《たばこ》吸《す》う人かな。吸わないな。気持ち良さそうだな。植木屋さんってこんないい仕事だなんて知らなかった。歌舞伎《かぶき》役者みたいだ。あの人も、もうこの世じゃ逢《あ》わねえぞって言ったりするかな。あっ手拭《てぬぐ》い取った。首に巻《ま》いた。頭の後ろを木につけて腕組《うでぐ》みした。寝《ね》ちゃう。いや、あーいう人は寝ないで眼《め》をつむっているだけだよ。じっとしてる。じーっとしている。息はしている。あれっ、何か変だぞ。あっ、来る！　来るぞ！

幸子は久しぶりに遠きものを感じた。来る、来い、遠きものだ！　来た、来た！

庭に、一陣《いちじん》の風が吹《ふ》く――

ススキが激《はげ》しく揺《ゆ》れて、風はシダレモミジを襲《おそ》った。全身をオバケのようにたくさんの葉ですっぽりとおおったシダレモミジ。その中に入って風はしぼんだ。

まるで風が吸《す》い取《と》られたようだ。

あー、でもなつかしいなあ、静子とよくこうやって、風が吹《ふ》く当てっこをして遊んだ。ススキがさっきみたいに揺《ゆ》れると、遠きものが来たと言って喜んだ。

静子はどうしているかな。転校してから新しい学校にうまくなじんだかな。

職人が立ち上がった。腰《こし》に太いベルトをつけて青いシートの上でしゃがんだ。仕事を始めるらしい。幸子は様子を見ていようと思った。午前中は寝《ね》てしまってお母さんしか見ていないから、午後は自分がしっかりと観察したい。

どうやらシダレモミジに取《と》り掛《か》かるらしい。わが庭で一番赤くなる葉だ。そして、ドウダンツツジと並《なら》んで庭の目立つ所にある。

あの化け物のような木をどう料理するか見ものだ。

脚立《きゃたつ》を支える棒《ぼう》の位置を決めている。二段《だん》上がった。腰《こし》のベルトに手をやった。あっ、そこからペリカンのハサミを出した。切り始めた。バサバサ切っていく。たちまち地面が赤くなる。でもパチンと音がしない。何故だろう。脚立《きゃたつ》の位置を少しずらしながら刈《か》っている。何を目安に刈っているのか分からない。不思議だ。ペリカンバサミをしまった。あっあれは何だ？　ベルトの前の方から何か引《ひ》き抜《ぬ》いた。あれはノコギリだ。ギコギコ切っている。持つところが小さいノコギリだ。切られた枝が落ちた。またペリカンに持《も》ち替《か》えた。バサバサ刈《か》っている。フフフ、巨人《きょじん》の頭を刈っているみたいだ。でもあんなに切っていいのだろうか。また脚立《きゃたつ》をずらす。何の迷いもなく切っていく。シダレモミジを一周した。ペリカンをしまった。カラスのハサミに持ち替えた。パチンと音がする。パチン！　この音だ。花屋さんの音だ。パチン！　パチン！　さっき目覚めた音だ。ああ花屋さんの匂《にお》いを思い出す。植物の生命の匂い。心なしか田坂さんの体が楽しそうだ。あの人は今、何を考えているんだろう。パチン！　あの人は何でこの庭に来たんだろう。私《わたし》の眠《ねむ》りを覚ますために来たのかもしれない。でも、あのカラスのパチンという音は何かもっと違う素敵なことを起こしそうだ。

職人がハサミをベルトにしまい、シダレモミジの枝をあちこち揺《ゆ》さぶり始めた。切られた枝や葉が落ちる。全体を眺《なが》め渡《わた》した。

幸子は窓を開けた。

田坂さんは脚立ごとゆっくりと回りながら、最後の仕上げのハサミを入れ始めた。いくつかの小さなパチンがあった。結局、三周して剪定《せんてい》を終えた。さっきまではまったく見えなかったシダレモミジの枝振《えだぶ》りが残された。太い幹から小枝の先まで、いくつにも枝を分けてゆく姿《すがた》に、そういう木の形だったんだねと初めて知った。田坂さんはなお眺《なが》めている。そのとき幸子は不思議な感覚に包まれた。今までにないほど強く、はっきり来ると予感できた。

向こうのススキがかすかに揺《ゆ》れる…

遠きものは静かに、静かにやって来た。

風はモミジのいくつにも細く裂《さ》けた葉に、ゆっくりと触《ふ》れながら流れてゆく。枝に残されたすべての葉の先端《せんたん》は、風を送るようにそよいでいる。木の姿《すがた》全体が風になっている。気がつくと、シダレモミジの腹《はら》の中に清流が見えた。上から眺めていると、たしかに透明《とうめい》なものがそっと過ぎてゆく。ため息が出た。

あの職人さんは風を呼《よ》ぶ風使いではないのか。

次はハクモクレンらしい。うちで一番高い木だ。

田坂さんは長い竿《さお》のようなものをハクモクレンに立《た》て掛《か》けてから、さっきのとは違う三メートルくらいある長い脚立《きゃたつ》を登り始めた。

動作が速い！

登った中ほどで、脚立に付けられた縄《なわ》でハクモクレンと脚立を縛《しば》って固定した。さらに登り、また、ハクモクレンと脚立を縛った。あっ、脚立の天辺に立った。すごい、サーカスだ！　出初め式のハシゴ乗りみたいだ。動作はさらに速い、腰《こし》に巻《ま》いてあった縄を一瞬《いっしゅん》にしてほどき、自分の胴《どう》を木に縛って固定させた。さっきの竿《さお》のようなものを取った。それを突《つ》き上《あ》げる。何をするんだろう？　空に突き出ている一つの枝を竿で捕《と》らえた。両腕《りょううで》がぐいっとしなったそのとき、竿の先で捕らえられていたハクモクレンの一番上の枝がヒュッと宙《ちゅう》を飛んだ。

「うわっー」

幸子は思わず声を出した。

うすい空の色の中を枝が飛んだ。幸子の視線《しせん》は大きく弧《こ》を描《えが》いて地に落ちる枝にくぎづけになった。

次々に枝は飛んだ。狙《ねら》いどおりに飛ばされているようだった。田坂さんの位置は大きなハクモクレンの真ん中からちょっと上だ。下から五メートルくらいの木の中心にいて、四方の枝の全《すべ》てに竿《さお》の先端《せんたん》のハサミをとどかせている。

ヒュッと何度も空に飛ぶ枝。ハクモクレンから枝が花火のように散ってゆく。

幸子は窓枠《まどわく》にかぶりついて見ていた。

竿のようなものは竹みたいだ。先が傘《かさ》の柄《え》のような形をしている。それを木に引《ひ》っ掛《か》けて、手元のヒモを引くと枝が切れる。

幸子は、ほんの数分にして剪定《せんてい》の終わった、家で一番大きいハクモクレンを見た。高い所の余分な枝と枯葉《かれは》を落として、いつもより小ぢんまりと佇《たたず》んでいる。だけど幸子は、木の中から来年の春に花を咲《さ》かせる目に見えない力を感じた。銀色の毛をまとった冬芽が、今にもうわっと枝先から出てきそうだ。それらの強さが青い空さえ呼《よ》んでいる。

幸子は思わず手をたたいていた。すごい、すごい、すごい。

田坂さんと目が合った。笑っている。幸子も笑った。気がつくとお母さんも庭に出て笑いながら拍手《はくしゅ》をしている。すごい、すごい、すごい。

歌舞伎《かぶき》の宙乗《ちゅうの》りよりすごい。

幸子の胸《むね》は空を飛んだ枝でサイコーに爽快《そうかい》になった。そして、思った、笑うことだ。笑うことで爽快になると思った。

田坂さんは脚立《きゃたつ》から下りるときも動作が速かった。幸子は次からお母さんといっしょに下で庭を観察しようと思った。

6　アイスクリーム

夏から冷蔵庫《れいぞうこ》に入っていたアイスクリームを出して、親子二人して食べている。興奮《こうふん》しながら職人さんの仕事振《ぶ》りを見ていたから、冷たい物にいつにもまして夢中になる。

「ねえ、お母さん」

「何よ」

「あの人に三時のお茶出すの？」

「出すわよ」

「出すことあたしが言っていい？」

「いいけど」

「けど何よ」

「このアイス硬《かた》すぎるわよね」

「夏から冷凍室《れいとうしつ》ずっと同じ設定になってるでしょ」

「食べるより、突《つ》き崩《くず》すので疲《つか》れたわ」

「固まりすぎなのよね、笑わしちゃおうか？」

「どうやって、アイスを笑わせるのよ」

「お皿に出して、まわりからナメテやるの。こんな物を上品ぶってスプーンで食べるのは身体に良くないよ」

「あんたが溶けるの待てないって言うから、付き合っているんじゃないの。だけど、寒椿《かんつばき》を切るハサミの音聞きながら、アイス食べるのって、いいわね」

「どんなふうにいいの」

「そういうこと聞く人には分かんないわよ」

「パチンッていうハサミの音って、口の中でアイスが溶ける感じとまるで反対だからいいんじゃない？」

「そうかもね、もう少し食べる？」

「食べる、ねえ先に帰った人ってどんな人だったの」

幸子は少し気になった。

「出来そうな人だった」

「何が」

「仕事がよ」

「今いる人とどっちが若《わか》いの」

「判らないわねえそれは、聞いてみたら」

母はまったく気にならないというふうに言う。

「どっちが聞くか、じゃんけんする？」

「いいわよ」

「しないくせに」

言いながら幸子は笑った。

靖子は以前の活発な幸子と久しぶりに話をしているようだと思った。

「どっちも二十七、八ってとこじゃないかしら。だけど若いのにあの格好似合うわねえ、半纏《はんてん》に腹掛《はらが》けで地下足袋《じかたび》、イナセよねえ、カッコいいじゃなあい」

「あの上に着ているのが半纏で、お腹《なか》に巻《ま》いてるみたいなのが腹掛《はらが》けなの？」

「そうよ、庭を造った志郎お爺《じい》ちゃんもきっと喜んでいるわよ。今日来た人は両方とも本物の庭師だから。その辺の道路で座《すわ》り込《こ》んで煙草《たばこ》ふかしているのとはわけが違う」

「お母さん、その人がこっちに来るみたいだよ。アイスあげようか」

「なにふざけてるのよ」

母が濡《ぬ》れ縁《えん》から庭に出ると、幸子もついて行った。靖子は娘《むすめ》が学校を休んで家にいることを、それとなく言っておけば良かったと思った。でも、庭師はそんなことにいっこう頓《とん》着《ちゃく》しないようだった。

「あのハクモクレンですが向こうに伸《の》びているあの下の枝切ってもよろしいですか」

「向こうってあの太い枝ですか」

「はい、モッコクの枝とそのうち重なります、人が通るのにも邪魔《じゃま》です。それと、寒椿《かんつばき》はだいぶ虫にやられています、あちらのお宅《たく》から少しこちらが見えるかも知れませんがもう少し刈《か》りこみます、来年の消毒はしっかりやる方がいいと思います。白雲木《はくうんぼく》ですがこれも下の方の二本切りたいと思います。よろしいですか、はい。山吹《やまぶき》は相当刈《か》り込《こ》みます、半分以上なくなっちゃうかと思われるほどですが、そのほうがいいと思います、古い枝がたくさんありますから、よろしいですか、はい。なるべくそれぞれの花木を独立させたほうが見栄えがします。雪柳《ゆきやなぎ》と猫柳《ねこやなぎ》もある程度オモイッキリやります。あと、百日紅《さるすべり》ですが花つきにこだわりますか？」

「というと」

「来年、小さな花をたくさん咲《さ》かせたいか、それとも大きな花を少しかということですが」

母は幸子を見た。

「二階に住んでいる人はどう思いますか、私《わたし》は一階だから幹しか見えないし」

幸子はやさしく問いかけられた。幸子は大きい方がいいと思ったが、うまく言い出せなかった。田坂さんはそばで見ると顔がずいぶん日に焼けていると思った。

「今までは小さな花だったと思います。大きな花にするには、だいぶ切ることになりますが、その方が手を入れた感じがしていいかもしれません。風も気持ちいいですよ」

幸子の思っていることをズバリ言われたのでビックリした。屋外で仕事をしている人特有の張りのある言い方だ。

「うん、それがいい」

幸子は笑いながら言った。

「かしこまりました。それから、マンリョウとセンリョウが幾《いく》つかありますが、あれは植えられたのですか」

「いいえ、植えた覚えはありませんが、これかしら」

母が言った。

「はい、そっちのもそうですけれど、この二年ほどの間に鳥が種子を落としていったんでしょうね、どういたしましょうか」

ドウダンツツジの前から山吹《やまぶき》にかけて半円を描《えが》くように生え出しているのを幸子は見つけていて気になっていた。

「それは残しておいてください」

幸子はお母さんが抜《ぬ》いてくれという前にすばやく答えた。幸子のキッパリとした言い方に靖子は驚いた。鳥の落としていった花木をいちいち残しているときりがなくなると思ったが黙《だま》っていた。

「マンリョウは縁起《えんぎ》の良い木とされていますからね」

田坂さんは笑みを含《ふく》んで言った。背《せ》が高くて機敏《きびん》そうで、笑うとやさしそうだ。

「この実は赤いですが、夏に咲《さ》く花は白です。これでまた白い色が増えていいですね」

「あら、そう思いますか」

母は問うように言った。

「はい、ヒイラギモクセイが白、カラタチが白、クチナシが白、ビワが白、白雲木《はくうんぼく》とハクモクレンがもちろん白、雪柳《ゆきやなぎ》が白、モッコクが白、ドウダンツツジが白、マサキは緑っぽい白、そして最後に猫柳《ねこやなぎ》の花穂《かすい》が日に当たって銀白色」

田坂さんはすごく嬉《うれ》しそうに言った。靖子と幸子は同時に手をたたいた。

「すごいですねえ、全部わかるんですねえ」

「はい、実はついさっき気がつきました」

「白ばっかりで変じゃありません？」

「赤や黄色ばっかりだったらイヤです。もうたくさんになります。白ばっかりといっても、みんな咲《さ》く季節も違うし、葉の色形も違うから微妙《びみょう》に変化して飽《あ》きません。それに白だからきっと鳥もマンリョウとセンリョウの赤い実と黄色い実を落としていったんですよ。これはキミノセンリョウですね、赤ではなくて黄色です」

「さすがに詳《くわ》しいですねえ」

そのとき、幸子がまた話に割《わ》り込《こ》んできた。

「田坂さん」

「はい」

「ススキを忘《わす》れてるよ」

「あっ、そうだススキを入れてなかった、あれも白ですね」

「うん」

田坂さんはうれしそうにススキを見ている。幸子はさっき静かな風を受けたススキを思い出した。ススキは白い風だと思った。

「あっ、それから裏《うら》の榊《さかき》ですけれど、ほとんど虫に食われています。食われていない葉だけ残しますが、ほんのわずかしか残りません、しかし来年必ず葉が出てくるようにします。ビワですが丈《たけ》が高くなりすぎているので相当に刈《か》り込《こ》みます。後で驚かないで下さい。でも元気な木ですから心配ありません。それと、もしかしたらビワの細長い葉が樋《とい》にたまっているかもしれませんので、取れる分だけは取っておきます」

「本当にすみません。忙《いそが》しい時期に無理して来ていただいたうえに、いろいろと気を使っていただいてありがとうございます。それに素人目《しろうとめ》にはとても二日間では出来ない仕事だと思ったのですが、明日には無事終りそうでそのこともほっとしております」

「はい、終ります。落ち葉に隠《かく》れて雑草があまり生えていないのではかどります。明日は裏《うら》のアオキと榊《さかき》、モッコクとビワと最後にドウダンツツジと山吹《やまぶき》をやります」

「あのう、三時にお茶を飲んでください」

幸子がまた話をさえぎった。濡《ぬ》れ縁《えん》を指差しながら「あそこで」と付け加えた。お母さんが目をしばたたかせている。

「ありがとうございます。たぶん休憩《きゅうけい》をいただけると思います。雪柳《ゆきやなぎ》と猫柳《ねこやなぎ》の根っこしだいです」

それから田坂の仕事がまた始まった。幸子はできればずっと庭にいたかったが、お母さんといっしょに家の中にもどった。

アイスクリームの午後がまた始まった。

「お母さん」

「なーに」

「あの人、前からうちの庭知っているみたいだったね」

「ほんとよね」

「ところでお母さん」

「なによ」

「三時のおやつは買ってあるの？」

溶けたアイスを前にして、母のよそ行きだった顔がみるみるあわて顔になった。

「きゃあー、忘《わす》れてたっ、今何時？　すぐ買ってくるわ」

母がせわしなく買い物に行った後、幸子は一人で溶けたアイスをなめながら庭を見ていた。

だけど、白い花ばっかりだってよくわかったな。今は咲《さ》いていないのに、庭師ってすごいよ。でもこの庭を造った曾《ひい》お爺《じい》ちゃんが志郎だったってことは分からないだろうなあ。カラタチもシロウ、ハクモクレンもシロウ、雪柳《ゆきやなぎ》もシロウ、ハクウンボクもシロウ、ドウダンツツジもシロウ、ヒイラギモクセイもシロウ、クチナシもシロウ。そして、ススキもシロウ。

幸子は急に田坂さんの口真似《くちまね》をしてみたくなった。

「これはキミノセンリョウですね、赤ではなくて黄色です」

あの人は何であんなに楽しそうに話すんだろう。うらやましいよまったく。

あーあ、久しぶりにみんなで鎌倉《かまくら》に行きたくなっちゃったなあ。あのときは楽しかったなあ。建長寺《けんちょうじ》から天園《てんえん》ハイキングコース。細い山道を歩いているとたまにリスが出てきた。「どこでもドア」から間違《まちが》って急に飛び出したみたいな顔してあたしを見ていた。くりくりっとしていた。あのリス元気かなあ。

あー今日は何故《なぜ》か、一時下火になっていた動物飼いの交渉《こうしょう》をする元気がガゼン湧《わ》いてきたよ。久子お婆《ばあ》ちゃんが無事に来て、帰ったら聞いてみよう。

パチン、パチン。

乾《かわ》いた音が幸子の耳にまた響《ひび》いた。

あの庭師さんはどんな小学校時代を送ったんだろう。いつから庭師になったんだろう。いじめられたことってあるのかなあ。幸子は三時のお茶のときに聞いてみようと思った。あの人にならいろいろ聞ける気がする。そして、自分も庭に出て、仕事をもっとよく観察してみようと思った。

母が帰ると幸子は買い物の中身が気になってビニール袋《ぶくろ》を開けてみた。

「これって伊勢屋《いせや》の高い方の大福じゃん」

「そうよ、本物の庭師には本物の大福を出すのよ」

「でもさ、本当に大きい福が来るかもね」

「あんた今日はいいこと言うわねえ」

「目がパチンと覚めたからさ。ところでさあ、庭で犬飼いたいな、買ってよ」

「だめよ」

「何で」

「庭でおしっことうんこをするからよ」

「散歩に出してさせるもん」

「誰《だれ》が」

「あたしが」

「あんた朝も起きられないくせによく言うわよ」

「起きられないのは今日までだもん」

「ほんと？」

「ほんと。犬買って」

「なら明日から学校へ行くわけ？」

「明日は朝から一日中庭師の仕事を見てるんだもん」

「ふーん」

靖子は娘が本当に起きたと思った。生き生きとした顔と目をしている。

「久子お婆《ばあ》ちゃんが無事に家に来て、今度の旅は楽しかったって、めちゃくちゃに喜んでくれたら犬のことは考えてもいいわ」

「ほんと？」

「ほんと」

「久子曾お婆《ばあ》ちゃん、めちゃくちゃに喜ぶよ」

「メッチャクッチャじゃないとだめ」

「だから、メッチャクッチャに喜ぶよ」

「わかった。まずは大福に願《がん》をかけるといいわ。そろそろお茶にしていただきましょう、庭師さんに」

「あたしが出すから、お母さんは縁側《えんがわ》に来ないでね」

「何でよ」

「庭師さんと秘密《ひみつ》の作戦を練るのよ」

「ふーん」

7　道具

幸子は美味《おい》しそうに大福を頬張《ほおば》る田坂を見ていた。

「うまいです」

と言いながら笑っている。声が大きい。それが幸子にはおかしかった。

「こういう公園みたいな庭は好きです。最近は、というと若造《わかぞう》のくせにおかしいですが、

……と言ってもお嬢《じょう》さんはもっとお若いですね」

田坂がそう言ってから、急に黙《だま》るので幸子はげらげら笑ってしまった。

この人、めちゃくちゃに面白い。それに、小学生に敬語《けいご》使ってる。

「あの」

笑いながら幸子は言った。

「はい」

「最近は、何ですか？」

「あっ、最近ですね、そう、最近は土のない庭が多いです。庭は土が見えないと庭らしくないですね。やっぱり箒《ほうき》で掃《は》けないとつまらないです」

「うち、全然掃いてなくて」

「あ、そういう意味じゃなくて、あの、きれいに掃きすぎるのも良くないんです。お寺さんなんか土の上をカッパクみたいに竹箒《たけぼうき》で掃くんですけど、あれ、木が風邪《かぜ》ひくことあるんです」

「木が風邪ひくんですか？」

「はい。適当に枯葉《かれは》が落ちている方が乾燥《かんそう》から防げるんです。根元は冷やさない方が木のためでもあるし、掃除《そうじ》は雑な方がいいんです」

幸子はお母さんがどんな顔で聞いているか見てみたかったが我慢《がまん》した。

「あの」

「はい」

「いろんな道具があるんですね」

「はい、自分のはこれだけですけれど」

と言って縁側《えんがわ》に置いたベルトから出したのは、カラスのハサミだった。

「あっ、それいい音するハサミだ！」

幸子はおもわず大きな声を出した。

その幸子のうれしそうな声に、田坂の目は輝《かがや》いた。

「この木鋏《きばさみ》は俺《おれ》の祖父が、銀二《ぎんじ》って言うんですが作ったんです」

「ギンジ？」

「銀に二つです、鋏《はさみ》は二つの鋼《はがね》を合わせるから二なんです」

「へーえ」

「江戸時代《えどじだい》に鉄二《てつじ》っていう曾曾曾お爺《じい》ちゃんがいて、鉄に二つですけれど、その鉄二が鍛《か》冶屋《じや》を始めてから代々伝わった作り方で作った鋏《はさみ》です。俺もこの音が好きです」

庭師田坂さんの目は澄《す》んでいると幸子は思った。毎日澄んだ音色を聞いているからかな。

幸子は田坂さんが栃木県《とちぎけん》で生まれたこと、鍛冶屋だった銀二の作った木鋏を使う仕事がしたくて庭師の修業を続けていることを聞いた。その鋏《はさみ》をカラスによく似ているとはとても言えなかった。

「江戸時代《えどじだい》からずーっときれいな音をさせているんだね」

「そうです」

「ふーん」

幸子は目の前で木鋏《きばさみ》の音を聞いた。鉄二という人や銀二という人のいた頃《ころ》がパチンという音に一瞬《いっしゅん》甦《よみがえ》るようだった。自分の飼いたい犬のことで、お婆《ばあ》ちゃんや庭師さんを引《ひ》き込《こ》むことはやめようと思った。

青いシートに置いてある他《ほか》の道具についても教えてもらった。

「これは株《かぶ》切りバサミです。山吹《やまぶき》と猫柳《ねこやなぎ》とこれから雪柳《ゆきやなぎ》にも使います。危《あぶ》ないですから刃《は》に触《さわ》らないで下さいね。これは幹割《みきわ》りです。槇《まき》の枝を曲げるのに使いました。これは市村が、午前中にいた者ですが天才的にうまいんです。この大きいのは刈込《かりこ》みバサミです。生《い》垣《がき》などに使います。今日は電動ノコの後にちょっとだけ使いました」

「これペリカンみたいだ」

幸子は気になっていた一つを指差した。

「これですか？　ペリカンですか？　そう言われてみればそうですね」

田坂さんはおかしそうに笑っている。

「これは剪定《せんてい》バサミといって、便利な道具です」

「あそこにカエルみたいなのもいる」

「えっ、カエルですか？　これはペンチですよ。これは鋏《はさみ》じゃないですね。でも、本当にカエルが足伸《の》ばして泳《およ》いでいるみたいだなあ」

二人は笑いあった。

「この根切《ねき》りバサミも今日はよく使いそうです」

田坂は次々と示していく。

「ノコギリもいろいろあるんですね」

「こういう大きい角張っている両刃《もろは》の大ノコはあまり普通《ふつう》のお宅《たく》では使いません。枝がこみあっている所では使えないんですよ」

「他の枝が傷《きず》つくからでしょ」

「よく分かりますね、これはハクモクレンと白雲木《はくうんぼく》に使いました。それからこっちのみたいに刃《は》が片刃《かたば》で先が丸いと、ある程度のスペースがあれば使えます。モッコクと松とカクレミノに使いました。明日は榊《さかき》にも使います」

「あの」

「はい」

「あのベルトに入っているのはノコギリですか」

「そうです、お嬢《じょう》さんよく分かりますね。あれは自分と枝との幅《はば》が狭《せま》いときに便利です、柄《え》が長いと使えない時があります」

幸子は子供の自分に、こんなに親切にものを教えてくれる大人には、今まで会ったことがなかった。いつかの塾《じゅく》の先生のように入会させるためにわざと気を引こうとする言い方とはずいぶん違うと思った。

「あのスコップも切る道具です」

「あれで木を切るの？」

幸子は驚いた。

「どうやって切るか分かりますか?」

聞かれて幸子は見当がつかなかった。

「今やってみます」

そう言って、田坂はスコップを持って歩き出した。シダレモミジの横まで歩いて上を見た。ハクモクレンを見ている。次に地面を見た。もう一度木を見上げた。そして地面を掘《ほ》り始めた。と思ったが掘るのではなくてスコップでハクモクレンの周りの土を突《つ》き刺《さ》している感じだ。

「こうして、根を切るんです。枝を切る前と同じ量の養分を吸《す》い上《あ》げちゃいますから、バランスをくずさないように切るんです」

田坂はハクモクレンの幹のだいぶ外側の地面を、円を描《えが》くようにスコップを入れていった。

幸子は母がお茶のお代わりをすすめに来るまでずっと見ていた。

「あのう、ゆっくり休んでからして下さいな。どうも子供が世話かけてすみません、あの、ほとんど休んでいないんじゃないですか」

母は田坂にもう一度座《すわ》るように促《うなが》した。

「ありがとうございます。鋏《はさみ》とか刃物《はもの》類は好きなのでついしゃべりました」

「ご自分の使う道具が好きだなんていいことですよねえ、お手入れもたいへんでしょうに」

母も話に加わりたいようだ。

「雨の日に研《と》ぎます。巧《うま》く研げると気持ちいいです」そう言って「あ、もしよろしかったら、そこの縁《えん》の下に砥石《といし》がありましたねえ、包丁の研ぎいたしましょうか？」

言うが早いか、もうその気で用意をしている。

幸子は母の止めるのも聞かずに台所から包丁を持ってきた。

万能の文化包丁だ。

田坂は濡《ぬ》れ縁《えん》に手拭《てぬぐ》いを敷《し》いてその上に砥石を置いた。そしてバケツの水を垂《た》らして身構えた。幸子はその姿《すがた》がスケート選手のスタートの姿勢《しせい》に良く似ていると思った。冬季オリンピックの決勝で大活躍《かつやく》した選手を思《おも》い浮《う》かべた。低い濡れ縁に合わせて田坂が腰《こし》を落とす。田坂の体全体の気力が包丁の刃先《はさき》に集まるのが分かった。目が鋭《するど》くなった。ゆっくり同じ速さで刃《は》と田坂の両腕《りょううで》が平行に何度も移動する。

幸子は立ったままじっと見ていた。砥石《といし》を滑《すべ》る刃《は》の音が、スピードスケートの氷を切って走る音と重なる。刃先《はさき》が線よりも繊細《せんさい》になるのが分かった。

終わると田坂は、一日預かればまな板削《いたけず》りもできると言ったが、母は丁重に辞退した。幸子は頼《たの》みたかったのでがっかりした。

それから幸子は縁側《えんがわ》付近の猫柳《ねこやなぎ》と雪柳《ゆきやなぎ》を刈《か》る田坂の仕事をじっくりと観察した。教えてもらったいろいろな鋏《はさみ》の実際の使い方を見た。

土中に深くはっている根をかき出して切ること。凸凹《おうとつ》の堅《かた》そうな株《かぶ》を切り分けること。縁側《えんがわ》に座《すわ》って、視線《しせん》をさえぎらない高さに枝葉を切りそろえること。テキパキと早い仕事は見ていてとても気持ちがいい。

幸子は土の匂《にお》いをかいだ。いつもは気にしていないけど、ぷーんと芳《かんば》しく感じるのはどうしてだろう。

普段《ふだん》目につかない地面や土中から、石がころころ出てくる。田坂さんは集めた石の中から黒くて丸いのを見つけて幸子に取ってくれた。手の中にすっぽりとおさまる大きさで、さわるとすべすべしていた。

「今日は予定を変更《へんこう》してこれからモッコクをやろう」

田坂は手拭《てぬぐ》いで汗《あせ》をふきながら言った。

「百日紅《さるすべり》は明日ね」

「そう、モッコクを一本だけでもやっておくと、他の四本をやる時間の見当もつくし」

幸子は急いで自分の部屋へ行ってトレーナーを着てからモッコクまで走った。

田坂はモッコクのふところの中に脚立《きゃたつ》を立てている。幸子もその下に入って見ることにした。ペリカンのハサミから長めの枝が切り落とされてくる。それから次に木鋏《きばさみ》で細めの枝が落とされてゆく。

幸子はすっぽりと葉におおわれた周りの壁《かべ》が、少しずつ細かく取《と》り払《はら》われてゆくのを見ていた。切る枝と切らない枝の区別は全然つかなくて、でもそれがかえって面白かった。モッコクの厚い葉と葉の透《す》き間《ま》から光と風が気持ちよく注いでくる。

幸子は木と葉の世界に庭師と二人だけでいるような気がした。

「田坂さん」

「はい、何でしょうか」

「あたしお嬢《じょう》さんじゃないよ。ただの……、小学六年生だよ……」

幸子は脚立《きゃたつ》の上を見上げて言った。でもだんだんと小さな声になってしまった。本当は学校に行ったり行かなかったりしている変な生徒なんだと言ってみたかった。

田坂の手が止まった。思わず女の子を見つめた。目は黒く小さいがしっかりと見開かれている。何か訴《うった》えるような強いまなざしだ。枝葉の間には、向こうの縁側《えんがわ》から心配そうに立って様子をうかがっている奥《おく》さんが見える。とにかく何か言わなければいけない。

「俺《おれ》はケンジって言います。健康の健に」

「知ってる、二つでしょ」

田坂が全部言い終わる前に幸子が言った。

「はい」

二人は少し笑った。

「私《わたし》の名前は幸子です。今日と明日といろいろ庭のこと聞いていいですか」

「もちろん、いいです。わかることは何でも答えます。どうぞ聞いて下さい」

「ありがとう」

幸子は嬉《うれ》しかった。

まずこの庭を庭師はどう思うかを聞いてみた。両親や親戚《しんせき》の人が大事にするこの庭はいったいどこがいいのか、幸子にはわからない。広くて走れることが取り得だと思うけれど、寂《さび》しい庭だと思うこともある。

「生垣《いけがき》がすごくいいですね。いろんなのが混ぜてあって混垣《まぜがき》っていうんです。今は虫に食われているのもあるけれど、きちんと手を入れると素晴らしくなりますね。白い小花模様《こばなもよう》が季節、季節で流れるようでしょ」

「そう言えば、そうかなあ」

「道沿《ぞ》いのヒイラギモクセイは葉が密《みっ》になって庭を隠すのにうってつけです。さらにこのモッコクは常緑樹《じょうりょくじゅ》だから上のほうまで隠せる」

「何でモッコクを明日にしようと思ったの」

「順番は大事なんです。まず一番目立つ玄関脇《げんかんわき》の松《まつ》と槙《まき》をやる。同時に生垣をやれば、周りから綺麗《きれい》だなって思われるでしょ。でも庭の中はまだあまり見せたくないからモッコクで隠しているわけ」

「ふーん。次に大きな木をやるんだね」

「そうです、後に上から枝葉が落ちると面倒《めんどう》だしね。シダレモミジはあまりにも存在感がありすぎたから早めにやったんですよ」

「次に何で端《はし》っこの寒椿《かんつばき》と縁側《えんがわ》の所なの？」

「寒椿は家から一番遠いでしょ。でもこの庭では一番派手《はで》な色の花が咲《さ》きますね。その咲く時期にこのモッコク以外のほとんどの落葉樹は葉が落ちている。白い花で咲くものもない。だから、縁側の位置から遠くに寒椿を見られるように、いろんな他の花木の位置を考えてあると思ったんです。そうしたら本当にそうでした」

「そんなこと考えて雪柳《ゆきやなぎ》と猫柳《ねこやなぎ》を刈《か》ってたの、信じられない」

幸子はビックリした。

「冬に雪が降ると、遠くから寒椿が取り分けきれいだろうなと思います」

寒椿に合うのはアイスクリームではなくて雪だったのかと、幸子は思った。

「幸子さん、あの縁側《えんがわ》の百日紅《さるすべり》は特に見事ですね」

「何で？」

サチコサンと言われたのがおかしかったけれど笑わずに我慢《がまん》した。

「百日紅《さるすべり》は幹が美しい。それを縁側《えんがわ》近くにおけば家の中からいつでも見えるでしょ。季節によって美しさは変わらないし、雨が降ると水に濡《ぬ》れた幹がさらに輝《かがや》きを増す。美しい滝《たき》みたいだ。それは傍《そば》にいないと分からない」

「田坂さん、ホントにそう思う？」

「はい。雨の日に百日紅の幹を見ながら、お酒飲んだら最高だろうなと思います」

「今度雨の日に来て下さい」

「それはありがとうございます」

田坂は笑った。

「あと、手前に太い木があると、遠近感が増して庭にもっともっと奥行《おくゆ》きが出てくるんです。あの百日紅は最高の演出だな。素晴らしいの一言です。そして二階からは逆に華《はな》やかさを楽しめる。高い木の可憐《かれん》な花を二階から間近に見るのは実はすごく贅沢《ぜいたく》なことなんですね」

幸子は良くわからない言葉もあったけれど、感心して聞いていた。

志郎曾お爺《じい》ちゃんはこの庭を全部自分で考えて造ったのかな？　庭師でもないのにすごいなと思った。

「だけど、庭の一番の主役はもっといいものですね」

「えっ、何？」

「何でしょう？」

幸子には主役という派手《はで》なものは見当たらなかった。

「分からないよ」

「一番いっぱいあるものですよ」

「一番いっぱいある？」

「はい」

幸子はよけい分からなくなった。

「土ですよ、土」

「土？」

幸子は足元を見た。落ちた枝葉で土は見えなかった。ヒイラギモクセイの生垣《いけがき》の下に土が見えているので、しゃがんでみたら、さっき田坂さんが見つけてくれたのと同じ、黒くて丸い石があった。

「またこの石があったよ」

幸子は取って見せた。

「あ、本当だ」

田坂は首をかしげながら見ている。

「あの」

「何？」

「今日はこれから急に暗くなるから、その前に一仕事しなくちゃなりません。話の続きはまた明日にしましょう」

「うん。明日は田坂さんの小学校のときとか、庭師になったときのことも話してね」

田坂は笑いながら脚立《きゃたつ》を下りると、ものすごい勢いで仕事を進めていった。

8　お父さん

──秋の日は釣瓶《つるべ》落としじゃ。

幸子は縁側《えんがわ》にすわって、久しぶりに岡山のお爺《じい》ちゃんの言葉を思《おも》い浮《う》かべた。

──井戸に釣瓶が真っすぐに落ちるぐらいの速さで暗くなるんじゃよ。

今、その薄闇《うすやみ》が忙《いそが》しそうに働く庭師田坂の紺《こん》の衣服を包んでゆこうとしている。

幸子はしだいに色濃《いろこ》くなってゆく夕景色《ゆうげしき》を見た。

木の影《かげ》の色が周りの土に溶けてゆく。影を落とすという言葉ぴったりに、葉は土の上に置かれる。そうやって夕暮《ゆうぐ》れは木や葉から地面に何かをもどしてゆく感じだ。気がつくとさっきまでの景色とまったく同じなのに、違うものたちが辺りに立っている。見ていながらにして湖の底に招待されているようだ。

そうだ、この感じ……、この時間は日曜日にお父さんがよく一人で庭に出ている時間だ。家の中にいないお父さんを庭に探《さが》していると、声をかけにくいほど静かに佇《たたず》んでいることがある。でも幸子が縁先《えんさき》から近づいていくと必ずやさしく笑いかけてくれる。夕方の庭のお父さんは好きだ。あまりしゃべらないけれどいっしょにいると、周りの木々も、とても安らかなのが分かる。

真面目《まじめ》でぼそっとしていて、どことなくオカシクテ憎《にく》めない、そんなお父さんが珍《めずら》しく自分自身の話をしてくれたことがあった。あれは去年の秋、たしか移動教室から帰った次の日、疲《つか》れて学校を休んだ日だった。

「結婚《けっこん》するので初めてここに来たとき、この広い庭を自分が守れるだろうかと不安になったことがあったんだよ。とても勇《いさ》んでやって来たけれど、正直言って都会の庭にしてはあまりにも広すぎると思ってね。就職《しゅうしょく》して間もない頃《ころ》で仕事にも慣れていなくて、肩《かた》にズシンという感じだったなあ」

こんなことを言っていたけれど、幸子には全然不安を感じさせない話し方だった。

「一人でゆっくりとこの庭を歩きながら考えてみたんだよ」

「それでどうしたの？」

「どうしたというわけじゃないけどね、ただ歩いているうちにすごく落ち着いてきて、何となく梢越《こずえご》しの空なんかが懐《なつ》かしくて、普通《ふつう》に息をしているだけで深呼吸《しんこきゅう》しているみたいだと思ったよ」

お父さんは幸子の顔を嬉《うれ》しそうに見た。

「お父さんの仕事はいろんな資格を取りながら経験を積んでやっと一人前になれる職業だから、最初のうちはできないことばかりで焦《あせ》ってしまって、幸子が生まれたときも、ひたすらガムシャラに仕事をこなすことだけに神経を使っていたな。それで、資格の勉強が思うように進まなかったりひどい失敗したりすると辛《つら》くて、でも夕方ここに立っていると今一番肝心《かんじん》なことはくよくよ悩《なや》むことじゃない、他にあるっていう気がしてすうっと楽になるんだよ」

「へー、肝心なことってなーに？」

「肝心なことって言っても、それはなかなか分からないんだ」

幸子が黙《だま》っているとお父さんはこんなことを言った。

「それは分かるようなことではないって言ったらいいのかな。お父さんが初めてこの庭に入った日、どれくらいの時間か覚えていないけれど一人で歩いた。今思うと、そのときにお父さんの人生が決まったんだよ」

結論が早すぎてよく分からないけれど、でも幸子の心に何かが届いてきたように思った。お父さんは自分で庭木の手入れができないことをとても気にしている。花木に詳《くわ》しくはないし、手先もどちらかというと不器用だ。仕事も忙《いそが》しくて家でゆっくりする時間もあまりない。でも、誰《だれ》よりもこの庭のことが好きなんだ。出張でいなかったけれど、お父さんにも今日の庭師の仕事振《ぶ》りを見せたかった。幸子は強くそう思った。

そして何気なく聞いたお父さんの言葉を久しぶりに思い出した。

「小さな幸子が明るい部屋の中から、サンダル履《は》いて庭に出て来るのを見ていると、やっぱり幸子って名前にしてよかったなって思うよ」

あの日もちょうどこんな夕闇《ゆうやみ》だった気がする——。

幸子は何だか急に、お父さんに会いたくなってしまった。

気がつくと、庭には信じられない数のゴミ袋《ぶくろ》が積み重ねられていた。もう今日の仕事は終りに近いのかもしれない。幸子が近づいてみると、木戸の辺りまでズラッと並《なら》べてある。数えると全部で六十五あった。さらに大小の枝を束ねた物が二〇ほどもある。今日の釣瓶《つるべ》はたくさんの枝葉を落としていったのだ。

「まるで山だわね」

母も庭に出てきて驚いているふうだった。

「ビニール袋、明日もう少し買い足さなくちゃね、お母さん」

「本当に百も使うとは思わなかったわよ」

二人が感心して見ていると、小橋造園からゴミの運搬《うんぱん》のためのトラックが来た。まだ見習いのかなり若《わか》い運転手だ。田坂から指示を受けて荷台に積み上げ始めたが、途中《とちゅう》から生垣《いけがき》の上を放って道路に投げ出した。運ぶ手間を短縮《たんしゅく》するためだが、暗いこともあり靖子はちょっと危ないなと思った。心配していると、田坂が若者《わかもの》を短いが強く叱責《しっせき》する声を耳にした。それは相手の心を捉《とら》えた誠実な叱り方だった。

靖子はその時、庭の剪定《せんてい》をこれからもずっと田坂に頼みたいと思った。全幅《ぜんぷく》の信頼《しんらい》を寄せていい人だと確信した。

ちょくちょく家に来ていた岡山のお父さんが急に亡《な》くなってから、落胆《らくたん》したり淋《さび》しくなったり、それから家でも心配事が重なったけれど、もう本当に庭のことを考えようと思った。

「古い家と古い庭、それこそが若《わか》い人の守っていくものなのよ」

久子お婆《ばあ》ちゃんから母の節子が聞き、節子から靖子も受《う》け継《つ》いだ言葉だ。

靖子は溜《た》まりにたまった枝葉の袋《ふくろ》をまともに見られなかった。


一日目の仕事が終って田坂の帰り際、幸子は明日の昼ご飯を自分が作るから家で食べてほしいと、何度も頼《たの》み込《こ》んだ。あんまり真剣《しんけん》なので、お母さんもお願いしてくれた。

「子供キャンプのときのカレーの味なんですけれど、もしご迷惑《めいわく》でなかったら、どうぞめしあがってください。私《わたし》からもお願いいたします」

どんなことでも娘の目の光が増すのなら、やらせてみたい。田坂は半ば強引に約束させられたかたちで帰った。

それからしばらくして遅《おそ》い夕飯の準備をしようとした母は、台所でまな板《いた》がないと言って騒《さわ》ぎ始めた。

「どこにもないわよ、どうしちゃったの？」

不思議でしょうがないという声だ。

「あたしのがあるでしょ」

流しにはたしかに子供用の白い粗末《そまつ》なプラスチックのまな板が置いてある。

「幸子、檜《ひのき》のまな板どうしたの？　いつもここにあるやつ。えっ、まさか？　あんた！あれを田坂さんに渡《わた》したの！」

「うん」

「ぎゃあっー、うそでしょ、あんた。あんなにキッタナイまな板ミットモナイじゃないの。結婚《けっこん》して以来ずっと使い続けているまな板よ。汚《よご》れが落ちなくなっているし、臭《にお》いもするし、あれはうちの恥部《ちぶ》じゃないの。最近は縁側《えんがわ》で干《ほ》してもいなかったのよ！　何で勝手なまねするのよ！」

「お母さん、そんなまな板で人生最後の旅をしている人にお料理を作ろうとしてたの？」

そう言われて、靖子の顔はみるみる青ざめ強張《こわば》っていった。

その顔の前に幸子は一枚《まい》の紙を出した。

「何これ？」

「うちのまな板《いた》の木目《もくめ》」

「……」

「まな板削《けず》りすると、信じられないくらい生まれ変わるんだって。それでね、それが自分の家のまな板だとなかなか信じない人がいるので、削る前にあらかじめ木目を写し取ってもらうんだって。だから、お母さんが岡山との長電話中に写したの。一つでっかいキズがあったでしょ、ほら、去年の暮《く》れに大掃除《おおそうじ》しながらお父さんと夫婦《ふうふ》喧嘩《げんか》したときのキズ、あれはね深いから削っても残るって田坂さんは言ってたよ」

靖子は自分の頬《ほお》が小刻《こきざ》みに震《ふる》えるのが分かった。油断をしていた自分を呪《のろ》った。しかし、会話の反応がよくなった娘のことを喜ぶべきだと思い、我慢《がまん》して大根を洗った。そして、子供用の白いまな板に向かって包丁を持った。

研ぎあとの見事に光る包丁。

靖子は包丁の重みだけで切れていく大根を見ながら、感嘆《かんたん》の声を何度も上げた。とても信じられない切れ味だった。

私《わたし》も目が覚めたわよ――。

そう思った。

第二章　庭師修業

1 銀二

中上家の庭の一日目の剪定《せんてい》を終えて、田坂は不思議な気持ちにとらわれていた。とても懐《なつ》かしい場所にいた気がしたのだ。

地味だが季節を通して咲《さ》き続ける白い花の庭……。春を告げるハクモクレンの白さだけが強いと言えば強いだろう。だが全身を包んでくる白さの淡《あわ》くさりげない感じには馴染《なじ》みがある。

田坂は久しぶりに小学校の頃《ころ》を思い出した。

田坂健二《けんじ》の郷里《きょうり》、栃木《とちぎ》県葛生《けんくずう》町《まち》は石灰《せっかい》の産地である。

秋山川に沿《そ》って山間に開けた南北に細長い町。二十万分の一の地図では人口の度合いを示す赤い色がかろうじて見える。人は白い町とも言う。

その町にある東武佐野線《とうぶさののせん》の終点葛生駅《くずうえき》。田舎《いなか》ではあるがかつて駅の構内は広かった。観光客など誰一人として来るはずもないこの駅は、多くの石灰やセメントを運ぶための貨物の駅であり、その昔ホームは十九番線まであった。石灰を乗せたトロッコが走る線路は幅《はば》の狭《せま》いナローゲージと呼《よ》ばれ、山の坑道《こうどう》から駅までいく筋《すじ》も続いていた。その葛生駅から北へ二十分ほど歩いた山の麓《ふもと》に田坂の家はある。運搬《うんぱん》の手段《しゅだん》が鉄道から車に変わって、昼夜を問わずひっきりなしに通るダンプカーから、白い石灰の粉塵《ふんじん》が振《ふ》り撒《ま》かれる。

「女の人はお化粧《けしょう》しなくてよかんべなあ」

「いっつも道に顔さ出してればよかっぺえ」

町の人はそんなふうに言って笑う。

健二の家の裏にある嘉多山《かたやま》の頂上に立つと、ずっと遥《はる》か南の方まで白くくすんだ町景色《げしき》が見える。どんなに晴れていても靄《もや》って見える町だ。空には山で仕掛けられるダイナマイトの乾いた爆発音が時おり響く。

健二の父勘治《ちちかんじ》はその町の東にある大きな石灰会社で働いていたが、石灰を掘《ほ》る坑道の中で事故に遭《あ》い、十九年前に死んでいる。健二が小学校二年のときだ。五歳《さい》上の兄良雄《よしお》は父と同じ会社に高卒で就職《しゅうしょく》し、今は結婚《けっこん》して子供も生まれ、母と同居している。

家の庭続きに健二の祖父、鍛冶《かじ》職人銀二《ぎんじ》の古い仕事場があった。出入り口に置いてあるベニヤで作った小さな箱型ケースが店の部分で、後はすべて鍛冶場だ。ケースのガラス蓋《ぶた》の下には出刃《でば》包丁《ぼうちょう》、菜切《なき》り包丁、麺切《めんき》り包丁、そして、木鋏《きばさみ》が置いてあった。

銀二は息子《むすこ》の勘治《かんじ》を亡《な》くした後、二人の孫のために働いた。良雄が働き始めて五年目、健二ももうすぐ高校を卒業するという前年の十二月に死んだ。

健二はこのお爺《じい》ちゃん子だった。母は仕事に出て留守がちだったので、いつも銀二にくっついて鍛冶場にいた。健二は太陽が昇る前のまだ真っ暗な鍛冶場が好きだった。眠い目をこすりこすり鍛冶場へ行くと、銀二は炉《ろ》を見つめている。

「健二見とれ、こんなに熱くした鋼《はがね》が膨脹《ぼうちょう》せんと縮《ちぢ》まるんや」

健二は七百度以上もある火を見る。鋼が真っ赤になっている。でも膨脹も縮まるのも分からない。

赤めた鋼《はがね》の美しさを健二は何と言っていいか分からない。火山から噴き出す真っ赤な溶《よう》岩《がん》は地中の生きている舌だ。今銀二がコテで挟《はさ》んでいる鋼はそれよりも赤く熱く澄《す》んでいる。健二は両手を握《にぎ》りしめて鋼を見つめた。火は真っ暗な中で踊《おど》っている。銀二の火色を見つめる眼差《まなざ》しは真剣《しんけん》そのものだ。太陽が昇ってからでは火色がよく見えない。銀二は竈《かま》で焼き入れする肝心《かんじん》な頃合《ころあい》を引き寄せている。じりじりと熱い空気が肌《はだ》を圧する。銀二の目は鉄全体が質を変化させる一瞬《いっしゅん》を捉《とら》えた。焼き入れだ。急に冷やす。鋼が硬《かた》い鎧《よろい》を纏《まと》う。鋼が内側から何倍もの力を持って生まれ変わる。そして、次にゆっくりと冷やしてゆく。硬い鋼ができる。しかし、まだ終らない。硬いだけでは脆《もろ》くて実際には使えない。焼《や》き戻《もど》しをしなければならない。弱い熱を加えて、鋼の硬さを戻《もど》すのだ。すると、粘《ねば》くなる。簡《かん》単《たん》に刃《は》こぼれなどしなくなるのだ。

小学生の健二はこの粘りこそ実用に耐《た》える力だと、鉄と鋼と銀二に教えてもらった。包丁にも鋏《はさみ》にも細かい工程はいくつもあるが、その中で繰《く》り返《かえ》される焼き入れ、焼き戻しが一番大事なところだ。そこで決まる。火加減が命なのだ。しかし、銀二はけっして温度計を使わない。温度計は狂《くる》うことがあるからだ。

「出来《でき》の良し悪しを判断するその目で火加減を判断するのが鍛冶《かじ》職人だ」

銀二はそう言っていた。

そして、銀二の作る物は鋼《はがね》をつける地鉄《じてつ》の鍛《きた》え方が違った。スプリングハンマーなどはなく、すべて槌《つち》を持って手打ちする。金床《かなとこ》に置かれた赤い鉄に健二の目はいつも惹《ひ》き付《つ》けられた。槌を打ち付けられるたびに、健二の中の強さが増してゆくような気がする。銀二が引《ひ》き締《し》めた地鉄本体は腰《こし》のゆるがない土台になる。

健二もよく銀二と交互《こうご》に槌を振《ふ》るった。

その火造りをする場所の前の壁《かべ》に、ダンボール紙が吊《つ》るしてあって炭で字が書いてある。

——くろがねの錆《さ》びたる舌が垂《た》れている鬼《おに》はいつでも一人である——

そして、脇《わき》には舌を垂れたひょうきんな鬼の絵が描いてある。健二はその鬼が好きだった。

「じっちゃん、この鬼笑ってるんけ」

「泣いてるように見えっけ」

「わーかんね」

「健坊《けんぼう》の下手《へた》な槌打《つちう》ち見て笑ってるんさね」

「ははは」

銀二は鍛冶場《かじば》でいつも頭に白い手拭《てぬぐ》いを巻《ま》いている。鍛冶屋はみんなそうするもんらしい。作業服の袖《そで》から細いが筋肉《きんにく》の盛り上がった腕を出している。冷たい鉄をいじる指はごつごつして皺《しわ》だらけだ。赤めた鉄に焼かれた顔にはいつも充血《じゅうけつ》しているような思いつめた目がある。猫背《ねこぜ》だが鋏《はさみ》の刃先《はさき》の合わせを真剣《しんけん》に見るときは、からだ全体がぴんと張るのが分かる。

この鍛冶屋は江戸時代《えどじだい》から続いている。銀二の曾祖父《そうそふ》の鉄二《てつじ》が創業者《そうぎょうしゃ》だ。

鉄二は山仕事をする合間に遠い江戸をよく眺《なが》めていたという。どこかで火の手があがるとすぐにすっ飛んで行って、火消しを手伝うためだ。それほど火が好きだった。ある日、火事場のどさくさの中でふと見事なフイゴを見つけた。大勢の人が夢中で家財道具を運び出すそばで鉄二は、そのフイゴを必死で担《かつ》ぎ上げたそうだ。

「葛生《くずう》まで見えるようなでっけえ火をこさえるんじゃ、さぞかし立派《りっぱ》な風を吹《ふ》くフイゴだんべってな、それを抱《かか》えて一日で行って帰ってきたがよ」

「一日で？」

「ああ」

「鉄二って飛ぶ鳥喜八《きはち》なん？」

「いや、わしはな安蘇《あそ》のアカベだとにらんでおる」

飛ぶ鳥喜八は、三〇〇年前に本当にこの葛生《くずう》にいたとされる伝説の人間だ。飛ぶ鳥のように素早く走り、江戸《えど》までの往復に一日とかからなかったそうだ。安蘇のアカベは、栃木《とちぎ》に文政《ぶんせい》十二年頃《ごろ》いた大天狗《おおてんぐ》で、江戸の大火のときに下野《しもつけ》の国の領主《りょうしゅ》の屋敷《やしき》の火を鎮火《ちんか》させたという民話に出てくる神様だ。

「鉄二はな、でっけえフイゴを肩《かた》に担《かつ》ぎながら走って帰ってきたが、途中の荒川《あらかわ》の辺りで振り返って、フイゴから思いっきり風を送って江戸の大火を消したらしい」

「それから葛生で鍛冶屋《かじや》をやったんけ」

「そうらしい」

昔話をするときの銀二はいつも楽しそうだ。

健二は傍《かたわ》らの木で出来た箱フイゴをしげしげと見た。押《お》しても引いても風が出る。火加減の調節にかかせない道具だ。

銀二が代々継《つ》いできた鍛冶《かじ》は野鍛冶《のかじ》と呼《よ》ばれるもので、江戸《えど》の頃《ころ》は長く刀鍛冶《かたなかじ》がもてはやされていた。大名につく御用鍛冶《ごようかじ》になれば大出世だった。地方にはもともと鍛冶屋そのものが無く、ほとんどが大都市から出回ってくる物に頼らなければならなかった。それがだんだんと鍛冶職人の数が増やされ、各地方の必要に合わせて道具が作られていくようになった。十八世紀半ばから十九世紀半ばに増えたのが、そうした刀鍛冶の流れを汲《く》まない野鍛冶だった。廃刀令《はいとうれい》の後に刀から転向した者もあった。大工道具を作るものは特に道具鍛冶と言われ、野鍛冶は主に農作業や川海での道具を作った。

庶民《しょみん》の生活の実用品が、地方の特色をふんだんに盛り込まれて広がっていった。その実用品に情緒《じょうちょ》を加味してゆく余裕《よゆう》が江戸時代にはあった。

田坂家に伝わる木鋏《きばさみ》の音は、聞く者の耳に懐《なつ》かしい響《ひび》きを残した。

木鋏は二本の丸鉄から作る。

炉《ろ》に入れ、赤め、のばし、曲げて、つけて、叩《たた》いて、磨《みが》き、焼いて、戻《もど》して、合わせて、ひねりをいれる。二つの鉄を使うため他のものと違う工程がある。

木鋏《きばさみ》の持ち手はワラビ手といって、刃《は》の部分の反対側を曲げて作る。そこに親指を付け根まで差し込んで使う。片方《かたほう》に残りの指を入れる。人差し指だけを外に出してワラビ手の肩《かた》に置く方法もある。親指を入れたワラビ手は固定して動かさず、片方だけを動かして切ってゆく。そのときにぶつかり合う部分に鋼《はがね》を入れ若干《じゃっかん》の太さを加え、かつ、ワラビ手の先が本体に付く加減を工夫して音を調節した。これが田坂鍛冶《かじ》の作る木鋏の特徴だ。

五本の指をワラビ手に入れて握《にぎ》ると、刃《は》の部分は握った付け根から親指の長さほど出るだけだ。だから、木鋏は人間の手のようになる。使い方によって手の細かな動きがそのまま枝葉に伝わる。小さな芽の少し上へ斜《なな》めに鋏を入れ、後で幹の内側へ向けて枝が伸《の》びるよう加減をすることなど、自由自在にできる。

田坂鍛冶の作った木鋏は木にやさしい鋏だ。

すずやかなパチンという音がする。

健二はその音が好きだった。そして、全体の色と形がカラスそっくりなところも気に入っていた。二つの鉄を合わせた軸《じく》が目で、刃表と刃裏が嘴《くちばし》で、ワラビ手が羽である。とてもひょうきんで可愛《かわい》いカラスだ。健二は空鋏《からばさみ》をさせて音を出しながら、カラスが飛ぶ様を真似《まね》て遊んだ。

鍛冶場《かじば》は危《あぶ》ないと母にはしょっちゅう叱《しか》られていたが、学校で使う鋏《はさみ》を自分で作ってからは何も言われなくなった。そして、仕事が一段落《いちだんらく》ついた後、銀二にクイズを出してもらうのも楽しみだった。

鍛冶場には漢字で金偏《かねへん》の付く物が多い。ある日、銀二が言った。

「健坊《けんぼう》、これ漢字で書けっか？」

銀二が鉈《なた》を持っていた。

「ほう、書けたな、合格だ、じゃあこれ書けっか？」

今度は鎌《かま》を指した。

「ごおう〜かあ〜く、よっく書けたな。まあ本物を見てっから、書きやすい道理だんべ。じゃあ健坊、鎌いう字の成り立ちわかっか、金でねえ方の字の意味わかっか？」

健二はいくら見ても分からなかった。くやしかった。なかなか降参《こうさん》しなかったが、ついに降参した。

「鎌はな、草を束《たば》ねて刈《か》る道具さね、それが答えだ」

言われて、じいっと見て分かった。

「草は縦《たて》に生えてるからこの二本の線が草で、左右にはらっているのは根っこかな、それとこれは人間の手だ、手が横から束《たば》ねてっど。本当だ」

健二は目を見張った。

「して刈《か》るんだっぺ」

「じっちゃん、もっと問題出せ」

「んじゃな、この鍛冶場《かじば》にない金偏《かねへん》のものはなんだっぺ」

「それはお金に決まってっど」

二人して笑った。

「じっちゃん、あと鏡もないんとよ、鏡」

銀二はちょっと考えて、あると言った。お客さんに納《おさ》める道具置き場から大きな鑿《のみ》を持ってきた。その研《と》ぎあげた平面を見て、健二はぶったまげた。ピッカピカに輝《かがや》いた鑿の裏《うら》刃《ば》は銀二の顔を鏡のように映《うつ》し出した。鏡よりも金属の反射《はんしゃ》は浮《う》き出て映る。銀二がまるで二人いるようだった。

銀二は仕事の話もよくしてくれた。

葛生《くずう》の山に石灰《せっかい》が発見された頃《ころ》の話だ。鉄二の時代だが明治《めいじ》に変わっている。掘《ほ》り出《だ》した石灰を運ぶために人車という物があったそうだ。人間がレールの上の台車を押《お》して進む。実際には使わなかったらしいが、犬車というものも考え出されたらしい。力を発揮《はっき》したのは馬車鉄道でこれは長く続いた。田坂鍛冶《かじ》で蹄鉄《ていてつ》を作った。馬車鉄道は渡良瀬《わたらせ》川まで敷かれ、石灰は川舟《かわぶね》に積《つ》み替《か》えられて東京まで運搬《うんぱん》された。馬車鉄道は軽便鉄道になり、軽便鉄道はダンプカーになった。

「時代によって、作ったもんも変わっていったなあ。山稼《やまかせ》ぎが出来る頃《ころ》はよう、鉈《なた》だ。鉈といったってな、種類は無数にあった。枝割《えだわ》り、薪割《まきわ》りや獲物《えもの》の腹《はら》を裂《さ》く鉈もあった。木の皮剝《かわは》ぎも売れた。もちろん斧《おの》も作ったたっぺ。鍬《くわ》、鎌《かま》、鋸《のこ》、挙げたらキリがねえ。坑道《こうどう》ではツルハシとスコップだっぺ、雪んときはいきなりカンジキも作る。人が増えたら畳包丁《たたみぼう》《ちょう》だ、万能包丁だ、金が儲《もう》かったら、蔵《くら》の肘金《ひじがね》だ、タンスの鍵《かぎ》だ。鋏《はさみ》もいろいろあった。布切《ぬのき》り、紙切《かみき》り、髪切《かみき》り、ペンチに包帯バサミも作った。わしが一番往生したのは三センチの握《にぎ》りバサミよ。ハンドバッグの中の小物入れに入れる鋏じゃ。片刃《かたば》の包丁の左利き用も作ったっけよう」

そして、ステンレスの登場となり、大工場の大量生産が盛《さか》んになっていった。注文がなくなり、後継者《こうけいしゃ》がいなくなった。銀二は、息子《むすこ》の勘治《かんじ》に鍛冶《かじ》を継《つ》がせなかった。自分の代で終わりにする覚悟《かくご》だった。その銀二に最後まで注文が来たのは木鋏《きばさみ》だった。使った者からは遠くても注文が来た。しかし、研《と》ぎやすく刃持《はも》ちがするので、そうなかなか注文はやって来ない。使う人間の方が先にまいってしまうこともある。

銀二はついに健二が高校三年の十二月、槌《つち》を打つ力が尽《つ》きた。銀二は死ぬと小さく細く、硬《かた》く、鋼《はがね》のように引《ひ》き締《し》まっていった。

鉄を打つ音は止んだ。

健二が鍛冶場に立つと、炭で燻《いぶ》された天井《てんじょう》や柱がやけに目に付いた。煙突《えんとつ》から煙はもう出ない。静かだが鍛冶場の道具どれからも音が響《ひび》いてくるようだった。

葬式《そうしき》の日、壁《かべ》のダンボールが風に揺《ゆ》られてカサカサと音をたてるまで、健二は銀二の槌の音を聞いていた。ダンボールにはすすけた字と鬼《おに》の絵が描《えが》いてあった。そのほかに残された字は、銀二の作った鋏《はさみ》に打った銀二の銘《めい》だけだった。

鉄と油の匂《にお》いがした。

健二は庭師になる決心をした。

どうしても銀二の木鋏《きばさみ》を使う仕事がしたかったのだ。

兄の会社はセメントの他に石灰《せっかい》から植木の肥料も作っている。それを卸《おろ》す業者の人に相談し、宇都宮《うつのみや》の造園会社に住《す》み込《こ》みで働かせてもらえるよう頼み込んだ。卒業までの数ヶ月はセメントをトラックに積むアルバイトをして家計を助けた。

三月の末になって、健二の出発の日がやってきた。

葛生駅《くずうえき》に高校の山岳部《さんがくぶ》の連中が見送りに来た。クラスメートの何人かは既《すで》に都会や地方に散っている。大学に行く者は呑気《のんき》で、働く者は顔に芯《しん》が出ている。

母とは家の前で別れてきた。健二は小学校や中学校の時の修学旅行の朝を思い出した。もうしばらくは母の作ったカキナの天ぷらやおひたしが食べられない。

山岳部の連中は口々に「山で会おうぜ」を連発する。健二はピッケルを出し、斜《なな》めに構えて、友のピッケルと突《つ》き合《あ》わせた。

「もう、何が壊《こわ》れても銀二に直してもらえなくなった。健二もいねえし」

「あんちゃんなら、簡単《かんたん》な溶接《ようせつ》ぐらいできる」

「そんな迷惑《めいわく》かけられねえ」

「水くさいこと言わんと、山で会おうぜ」

「おう、山で会おうぜ」

健二は山道具以外の荷物を宇都宮《うつのみや》の柳造園《やなぎぞうえん》に既《すで》に送っていた。今日は出発の記念に山を一つやってから社長に顔を出すつもりだ。いちおう山道具の運搬《うんぱん》も兼《か》ねて重装備《じゅうそうび》の出立《いでた》ちだ。とてもこれから社会に出る人間だという様子ではない。健二はそれが嬉《うれ》しかった。

列車がゆっくりと動き出した。もう一度ピッケルを斜《なな》めに構えた。ピッケルを持っていない者はみんな手をふった。

ホームが見えなくなった。

列車が白い石灰《せっかい》で覆《おお》われた町を抜《ぬ》け出《で》てゆく……。

健二はすぐ横を黄色の小さいディーゼル機関車が走っているのに気が付いた。駅近くのセメント工場へ続く専用線の上を走っている。石灰を積んだトロッコを牽引《けんいん》する機関車だ。

健二が小学校二年のときに、坑道《こうどう》で傷《きず》ついて、それでもまだ生きていた父を運んだ黄色の機関車だった。

健二は我《われ》を忘《わす》れ、見えなくなるまでその姿《すがた》を追っていた。

2　柳造園

宇都宮《うつのみや》までは車で山中の林道を行けばたいした道のりではない。健二はあえて山行のために列車で遠回りをしてゆく。

東武佐野線《とうぶさのせん》で佐野まで行き、両毛線《りょうもうせん》に乗《の》り換《か》えて栃木《とちぎ》まで行く。さらに、東武日光線《にっこうせん》に乗り換えて新鹿沼《しんかぬま》で降《お》りた。石裂山《おざくやま》を目指す。石裂神社行のバスで終点まで行き加蘇山《かそやま》神社まで歩く。お参りをしてから、沢沿《さわぞ》いの登山道に取り付いた。約一時間半で頂上に着いた。途中《とちゅう》一人も人間に会わなかった。

健二の目に安蘇《あそ》山塊《さんかい》が広がっている。雪が多い。遠く北に日光の男体山《なんたいさん》が見えた。銀二の死や就職《しゅうしょく》活動に追われて山どころではなかったので感慨《かんがい》ひとしおだ。

健二は大声を出した。

オーイと言ったのに、ウーイとこだまが返ってきた。

健二は地図を広げた。

鳴蟲山《なきむしやま》という山がすぐそばにあるのが分かった。地図上で林道をはさんで向かいの山だ。日光駅《にっこうえき》のそばの鳴虫山ならアプローチが便利なので二回行った。しかし、この鳴蟲山は知らない。その山を見て、

「鳴蟲山」

と呼《よ》んでみた。

山が笑ったような気がした。ふっと山の懐《ふところ》に入るような気がする。そして、そのまま北へ山座同定《さんざどうてい》を試みた。

地図の鳴蟲山と実際の鳴蟲山の方向を合わせる。そして同時に、地図の男体山《なんたいさん》と実際の男体山とも合わせる。何回も頭を上下させればしだいに周りの山が見えてくる。手がぶれて確かめるのに骨《ほね》が折れたが女峰山《にょほうさん》を確認《かくにん》できた。

「女峰山」

と呼んでみた。

その山は遠いがものすごく形のいい山だと思った。男体山《なんたいさん》との間に小さな子供があるはずだ。かろうじて太郎山《たろうやま》が見えた。これも、

「太郎山」

と呼《よ》んでみた。

女峰山《にょほうさん》の東に夫婦山《めおとやま》もあった。

「夫婦山」

言いながら笑った。

今日が晴れたことに感謝した。

男体山のずっと手前にある白鬚山《しらひげやま》は千メートルほどの山だ。向こうの男体山はそれより千五百メートルは高い。なのに男体山の方が低く見える。男体山は地球が丸い分だけ低く見えているのだ。

健二は今自分が地球の突端《とったん》に立っていると思った。自分が一番でっかいと思った。そして、この石裂山《おざくやま》に立って見た広い山の眺《なが》めを一生覚えていようと思った。

あまりにも山頂でじっとしていたので冷えた。足の指の先が痛いように冷たい。地図を

しまった。

下山する途中《とちゅう》で急にかあちゃんを思い出した。あんちゃんが仕事でいないから俺《おれ》を見送ったら家で一人のはずだ。じっちゃんの槌《つち》の音もしない。身体に急に重いものが下りてきた。踏《ふ》み出《だ》した足が滑《すべ》った。枯葉《かれは》だと思ったその下は凍《こお》った雪だった。思いがけずしたたかに身体をうった。こんな不用意な転び方は初めてだった。左肩《かた》から腰《こし》辺りまで泥《どろ》だらけになった。おまけに肘《ひじ》を痛《いた》めたようだ。立ち上がり、ウインドブレーカーを脱《ぬ》いでビニール袋《ぶくろ》に入れた。ピッケルをザックから取り外して持った。

しっかりしろと思った。

東の平野の視界が開けて宇都宮《うつのみや》市が見えた。これから生きてゆく町だ。この眺《なが》めを見ながら一歩一歩下山するのも今日のめあてだった。鹿沼《かぬま》市と宇都宮市の間に北へなだらかな低山が続いている。あの山で鋏《はさみ》の修業をしようと思った。

ザックの中の木鋏《きばさみ》が音を出したような気がした。

柳造園《やなぎぞうえん》は地元ではかなり大きな造園会社だった。

職人の数も多く、仕事も多かった。宇都宮《うつのみや》だけで仕事をすると思っていた健二《けんじ》は、驚くことばかりだった。

東北自動車道に沿《そ》って延々《えんえん》と雑草を刈《か》り続けたり、朝五時前からトラックに揺《ゆ》られて、那須《なす》に新しくできた子供動物園の柵《さく》を作りに行ったり、鬼怒川《きぬがわ》付近のホテルや旅館の庭木に肥料をやりに回ったりした。そのほとんどが雑用としてだった。木に触って切ることなど皆無《かいむ》だった。台風の後の公園で倒れた木を撤去《てっきょ》したり、新しく木を植えるための穴《あな》を一日中掘らされたりもした。

やっと庭に入れさせてもらえると、箒《ほうき》をかけさせられた。庭掃《にわは》き三年という言葉があるほどで、きちんと掃いたつもりがよく怒られた。立《た》ち膝《ひざ》で箒をかけながら、手でとどく範《はん》囲《い》の木にひっかかった枝葉を取り除くことは、やってみるとかなり難しかった。下と上の両方いっぺんに目をいきとどかせることはできない。その木にひっかかったその木の葉は見分けがなかなかつかないし、第一、土を掃くことそのものが難しいのだ。均一に掃くこと、ここで終りにするという目安がなかなか分からない。もういいかと思うと足らなく、しっかりやったらやったで植えたばかりの草を土から剝《は》いだりした。それに、木は揺《ゆ》するといくらでも葉を落とすのだ。終りがない。風も敵だ。要するに庭に慣れていないということである。木と葉を見慣れていない。風を味方に付けられない。風は葉を散らしもするが集めてもくれる。風向きに対して自分の背《せ》を向けるかどうかでも仕事の能率は格段《かくだん》に違ってくるのだ。

健二は奥《おく》が深いと感じた。

砂利《じゃり》を洗う仕事もあった。池の周りなどに小砂利《こじゃり》が敷《し》いてあって、その下が比較的《ひかくてき》やわらかい土の場合、砂利はどんどん沈《しず》んでゆく。踏《ふ》まれるたびに沈んでゆく。土が現れる。石の間から雑草が生える。手が付けられなくなる。この状態を元に戻《もど》すことは大変な忍耐《にんたい》が要求される。つらい新入りの仕事だ。健二は泥《どろ》だらけになりながら、剝《は》がした爪《つめ》の先で、掘《ほ》り起《お》こした砂利を洗った。冬場の池底の掃除《そうじ》では手の感覚がなくなった。

来る日も来る日も雑用だった。健二はどんな仕事も何かしら驚く発見があるはずだと思って粘り強くやった。

従業員《じゅうぎょういん》の関係は徒弟《とてい》制度に近いものがあるので、同期の仲間でもやめていくものはあった。上下関係や仲間内の揉《も》め事《ごと》が一番辛《つら》いと健二は思った。仕事中よりも仕事後の方が嫌《いや》だった。しかし、健二を我慢《がまん》させたものは、いつか必ず庭仕事の道具類を使いこなすという望みだった。

健二は高校の化学の教師が言った言葉をたまに思い出す。

「田坂、お前から努力を取ったらいったい何が残るんだ」

とりようによってはかなり厳しいこの言葉を嚙《か》みしめた。

先輩《せんぱい》たちが鋏《はさみ》や鋸《のこぎり》などを持つと必ず注意して使い方を見るようにした。

健二は休みの日に一人で鋏を持って近くの低山へ行った。初めて柳造園《やなぎぞうえん》に来た日、石裂山《おざくやま》からの下山中に見た古賀志山《こがしやま》と鞍掛山《くらかけやま》だ。そこで鬱憤《うっぷん》やら不満やらを銀二の作った木鋏《きばさみ》を使うことで解消した。

最初のうちはめちゃくちゃにあたり構わず切っていった。細い枝を切ることそのものが楽しかった。次から次へ、切っても切っても飽《あ》きなかった。そのうちその木の余計な枝を探して切るようになった。どの枝が余計かは本で見て調べた。本には切るべき枝が図解してあった。徒長枝《とちょうえだ》、ひこばえ、逆枝、平行枝、車枝、下垂枝《かすいし》、交差枝、乱《みだ》れ枝、幹吹き、からみ枝、枯《か》れ枝、……。

基本的なことを鵜呑《うの》みにして切るだけで、木の格好がつくので楽しかった。もちろん切り過ぎたり切らなくてもいい枝を切ったりして失敗したことは何度もあった。木の全体を眺《なが》めることが大事だということが分かった。

そのうち木の種類を選んで切るようになった。自然に生えているツゲの若木《わかぎ》があると格好の材料になる。ただ木鋏《きばさみ》が使える木は少なかった。どうしても太い枝が多くなるのはやむをえない。アオキだけはやたらと多くて助かった。健二は自分の剪定鋏《せんていばさみ》を買って、切る練習をした。

もう少し上達すると今度は切る箇所《かしょ》にこだわるようになった。芽のついているどのあたりを切るとどうなるかを本で勉強した。鋏の入れ方で枝の伸《の》び具合や方向を自由に変えられることを知った。面白かった。その頃《ころ》になってやっと銀二の作った木鋏の音を観賞できるようになった。

木の全体を見て、切る枝を見つけ、切る部分を判断して、差し込む鋏の角度を決め、確信をもって切ったときにいい音がすると思った。

そうして、健二は本をたくさん買い、春夏秋冬の花木を覚えていった。山道や街路で目に付く木や花はその名前を即座《そくざ》に言えるようにいつも気をつけた。さらに季節を通しての変化のしかたに興味をもった。いつ芽を出すのか、いつ実をつけるのか、いつ葉に色をつけるのか、そして、いつ切ればいいのか。

観察は絶えることがなかった。

常緑か落葉か。陽樹か陰樹か。高木か低木か。枝が硬《かた》いか柔《やわ》らかいか。根が深いか広いか。葉の色形。花の色形。実の色形。肥料のこと。植《う》え替《か》えのこと。栽培《さいばい》のこと。消毒のこと。知らないことは無限にあった。

先輩《せんぱい》の中で誰《だれ》の腕《うで》が良く、誰が花木を知らないかが分かっていった。

健二は自分がのめりこんでいることすら分からないほど夢中だった。ある程度自分なりに花木の世界を知ったとき、自分が山で剪定《せんてい》の練習をすることで、自然をそうとう荒《あ》らしてしまったとはじめて気がついた。

健二は庭木と公園の木と山の木の違いについて考えはじめた。

素朴《そぼく》な疑問が湧《わ》いた。

何故、自然のままの木の形ではいけないのだろう。どうして人工的に刈《か》るのだろう。健二には明快な答えは出てこなかった。

庭の丁寧《ていねい》に剪定《せんてい》された木が山にずらりとあったらどうだろうか。ハイキングや登山が楽しくなくなるだろう。逆に、山で伸《の》びたいように伸びて、四方八方に枝葉を伸ばした木が庭にあったらどうなるだろうか。実際に、山の恐《おそ》ろしいような枝ぶりの木が庭にある所を想像する。その庭に住める人間は数が少ないだろう。いないかもしれない。

健二はそのように置《お》き換《か》えて考えた。

山にあるということは広い視界《しかい》の中のこと。庭は山や広い公園のような恵《めぐ》まれた環境《かんきょう》にはない。庭の木は限りなく人間と共存《きょうぞん》するものだ。同じ家の住人だ。健二はそう思った。

また、庭の木を放って置くといつかは自然の状態になるのか、とも思った。ある日、仕事で廃屋《はいおく》に行った。そこは自然というよりも醜《みにく》い場所だった。健二の知っている自然とは違い無残な場所だった。ただ強いものが光と水を貪《むさぼ》るように生《い》き延《の》びている。ほんの少しのスペースで根や枝ががむしゃらに押《お》しのけあっている。自分だけが生き延びればいいと言っているようだ。生命のいやらしい陰湿《いんしつ》さだけが目に付いた。

これも放っておけば、いつかは自然と呼《よ》ばれる状態になるのだろうか？

健二はほったらかした場所と数千年の間に共存《きょうぞん》を勝ち得た自然では次元が違うと思った。庭は人間と違い運命に逆らえない花木が、他を傷つけないように個性を伸《の》ばす所だと思った。庭と山は同じでありながら違うもの。しかし、違うものでありながら同じものだ。

健二は仕事で訪《おとず》れる家の庭に植えてある雑木を考えた。本来は山にあるべき木が、狭《せま》い庭で発育することの難しさを思った。実際にそう思うと庭の木が前よりもよく分かった。よく見えてきた。切ることの大事さと、切らないことの大事さが分かってきた。

柳造園《やなぎぞうえん》に就職《しゅうしょく》して二年たち、健二はアパートの一人住まいを希望した。仕事で木に触れるようになり、給料も増えた。その頃《ころ》から、東北の山に足をのばし始めた。二週間に一度あった二日間の連休をほとんど山行にあてた。

飯豊《いいで》。早池峰《はやちね》。那須《なす》。朝日《あさひ》。蔵王《ざおう》。吾妻《あづま》。夜行で行って夜行で帰ることもあった。冬山にも行った。石裂山《おざくやま》からみた女峰山《にょほうさん》だ。太ももまで雪に埋《う》まる所もあったが体力にものをいわせて乗り切った。下山してから恐《おそ》ろしくなった。冬に一人で行く山ではなかった。ただどうしてもそこから安蘇《あそ》の山塊《さんかい》を見てみたかったのだ。自分の成長を、苦労して登った山の上で振《ふ》り返《かえ》りたかった。

「山で会おうぜ」と、友と語った日のことを思い出した。

健二は高枝《たかえだ》切りの練習を始めた。

高枝切りとは、長い竹の先端《せんたん》に傘《かさ》の柄《え》のような丸くなっている物を取り付けた道具だ。高い木の枝に傘をぶら下げるように引《ひ》っ掛《か》ける。それで枝を押《お》さえて手前のヒモを引くとヒモと連動している先端の刃《は》が下から上に移動して枝を鋏《はさ》んでいって切る。

健二は自分の使いやすいようにこの高枝切りを改良した。

竹はなるべく長く、かつ電車に持《も》ち込《こ》めるほどに分解可能にした。竹と竹を連結する部分は健二に鍛冶《かじ》の経験が少しでもあったので地元の鍛冶屋に注文することができた。予《あらかじ》めそれができるものかどうか判断できたからだ。片方《かたほう》の竹にはめ込《こ》んだ鉄の筒《つつ》に、もう片方を差し込んで留める。我《われ》ながらに良くできたと思った。柄《え》の本体がしっかりしたので刃も一般《いっぱん》のものより相当強く鋭《するど》い刃に変えることができた。

健二はこの高枝切りを持って、また近くの山で練習した。

絶対に手の届かない高さの枝を切る。放っておいてもそのうち自然に落ちる枝で練習した。慣れないとまったく思うように切れないし、かつ、腕が疲《つか》れる。手元で鋏《はさみ》を操作《そうさ》することに比べて作業が不安定だ。枝を切ったつもりが中途半端《ちゅうとはんぱ》で、ぶらりと木にぶら下がってしまうこともあった。しかし、木鋏《きばさみ》とちょうど対照的なこの道具を使いこなさなければいけないと思った。何回か木に引《ひ》っ掛《か》ける逆U字型の部分と刃《は》を改良して、重さも軽めにして完成品ができた。

休みの日に未登攀《みとうはん》の山中で練習した。走り、止まって立膝《たてひざ》をつき、組み立て、狙《ねら》い、突《つ》き出《だ》し、押《お》さえ、ヒモを引き、切る。健二は頭上六メートルの枝を自由自在に切れるようになった。何故走るかといえば、自動車教習所に通っているので山にいる時間に限度があるからだった。

ある日、欅《けやき》の枝を切ったときにその枝がすぐに落ちずに飛ぶのが見えた。早く鋭《するど》く紐《ひも》を引き、切れる瞬間《しゅんかん》に竹の本体に弾《はず》みをつけてそれを枝におくる。すると、刃が上へせり上がる力を受けて枝が飛ぶことが分かった。何回も試して分かったことだ。飛ぶといっても枝の向きによって上下左右の違いがある。比較的短い若《わか》い枝は良く飛んだ。四、五メートル上空へ飛んだこともあった。

一度、ひゅっと飛ばした枝とセキレイの飛び立ちとが交差したことがあった。セキレイはまるで健二の修業に合格点を与えたかのように辺りを飛び回り、近くの岩にとまって尾《お》を上下にふった。

この高枝切《たかえだ》りは公園の池に枝を垂《た》れる木に効力を発揮《はっき》した。脚立《きゃたつ》を立てられない場所だ。市販《しはん》されている高枝切りと違いシダレヤナギなどの硬《かた》い枝もよく切れた。

四年目になって健二は他の連中に疎《うと》まれた。それまでもそういうことはあったが露骨《ろこつ》になってきた。年上の連中よりも明らかに植木職人としての腕が上がってしまったからだ。

もともと入社以前より、できることが多すぎたのも原因している。

健二は高校時代から石灰《せっかい》会社で石灰岩を運ぶバイトをやっていたので、一輪車の扱《あつか》いはお手の物だった。一輪車は安定が悪く重い物を乗せると、たいがいはふらついて真っすぐに歩けない。それを見て先輩《せんぱい》がからかうものだが健二をからかえる者は誰《だれ》もいなかった。

また小学校の頃《ころ》から、普通の子が砂場《すなば》遊びをするように兄とセメントで遊んでいたから、水のやり具合、こね方、塗《ぬ》り方《かた》、どれも慣れたもので会社の誰《だれ》よりも巧《うま》いぐらいだ。

鍛冶屋にいたから刃物《はもの》の研《と》ぎ方《かた》はもちろん巧い。巧くできない者は何年たってもできないのだ。仕事以外でいじめようと思っても、付き合いが悪い。無口で研究熱心すぎる。

秋になって、仕立て物といわれる松《まつ》、槇《まき》などの難しい木の剪定《せんてい》の練習に先輩《せんぱい》を追い抜いてかかることになった。異例《いれい》の事だがそれだけの実力があった。さらに給料も上がると噂《うわさ》されて、ついに銀二の作った大事な木鋏《きばさみ》を盗《ぬす》まれるという事態が起きた。休みの日に他で庭のバイトをしているとも言われた。まだ大人になりきれていない連中は健二を許せなかった。黙《だま》って仕事をする健二に声をかけてくれる人もいたが、年の近い仲間はおおむね健二を避《さ》けた。健二が盗まれた鋏《はさみ》と同じ鋏をまだ別に持っていて、それを平気で使い出してからは、挨拶《あいさつ》さえしなくなる者もいた。

健二は年が明けてしばらくしてから社長に相談した。入社のときに無理を言って頼《たの》みこんだ経緯《けいい》があるので言い方に困った。

そして二月下旬《げじゅん》。社長から呼《よ》ばれた。

「お前に必要なことは、施主《せしゅ》さんと話すことだ」

いきなりそう言われた。うろたえた。柳造園《やなぎぞうえん》の社長は一方的に話す人だが、特に今日はそうなる予感がした。少しかすれているが強い響きの声だ。

「それにたまには先輩《せんぱい》の道具でも研《と》いでやればいいんだ」

今度は多少くだけた感じで言った。それからしばらく社長は自分で酒を用意する間黙っていた。健二もすすめられて少しもらうことにした。ウイスキーが生《き》で出された。蓋《ふた》の封《ふう》を切ったばかりなので注ぐときにわざとらしいトクトクトクという音がした。特別な話を聞く準備ができた。

「東京の小橋造園《こばしぞうえん》へ行け」

ゆっくりだったが、うむを言わさない物言いだった。

「奴《やつ》らの機嫌《きげん》を直すことはもうできん。あと一ヶ月したら行け。先方に話はついてる」

健二は黙《だま》っていた。

「ここで四年やった。これから東京へ行ってやってみろ。そうでもせんとお前は話せん。東京はよう話せんとやれねえところだ。それにもしかしたらな、田坂は意外と東京が向いてるかもしんね」

社長の目を見たら笑っていなかった。紙を出して健二に渡した。

「そこだ、小橋清次《こばしせいじ》の会社だ。その男はできるぞ、行って教えてもらえ。立《た》て替《か》えた教習所の代金は最後の給料から残りを引いておく。毎月給料から差し引いてかあちゃんに送っていた分は次からお前が自分で送れ、いいな」

「はい」

「四年いた。大学にでも行っていたつもりになればいいっさ。東京に友だちいるん？」

「入れ代りに葛生《くずう》に帰る奴《やつ》ならいます」

「そっけ、酒飲《さけの》め」

社長はソファに深々と座《すわ》りなおして飲んだ。

「いただきます」

しかし、頭の中は酒どころでなかった。東京、東京と響いていた。


一ヶ月たった。マンサクの花が咲《さ》いていた。

今年は去年より遅《おそ》いなあと健二は思った。この仕事に就《つ》かなかったら、まずあれを花だと気づかなかったかもしれない。マンサクの花は遠目には春の若葉《わかば》かと思わせるような風情で咲《さ》く。黄色で細いから日に当たると、若葉《わかば》の萌《も》え出《で》た頃《ころ》の新鮮さをそこに見てしまう。

(豊年満作)か(まんず咲《さ》く)か、どちらがただしい語源《ごげん》だろう、健二は思った。

柳造園《やなぎぞうえん》に最後の挨拶《あいさつ》を済《す》ませて門を出るとき呼《よ》び止《と》められた。谷崎《たにざき》がいた。初めてここに来たとき世話してくれた二年先輩《せんぱい》だ。近寄って来て黙《だま》って紙袋《かみぶくろ》を渡《わた》された。手にとってすぐ何が入っているか分かった。

「田坂の大事なものだ」

言われても、何と返答していいかわからなかった。

「俺《おれ》も山でそれ使って木を切ってみた」

ビクンとして谷崎を見た。笑っていた。

「田坂の気持ちが少し分かった。だけどな健二、もう少ししゃべれ、俺たちの身にもなってみろ」

健二は頭を垂《た》れた。

「ありがとうございました。お世話になりました」

健二はやっとそれだけを言った。

谷崎は横を向いて顔を空に上げながら言った。

「健二が来たときにもらった土産《みやげ》の味噌《みそ》饅頭《まんじゅう》は旨《うま》かったなあ。浅草《あさくさ》へは二回いっしょに遊びに行ったっけか」

谷崎《たにざき》がそう言ったので健二も笑うことができた。

「じゃあな」

谷崎は走っていった。もう会うことはないのだと思った。

健二が東武宇都宮駅《とうぶうつのみやえき》まで歩く道々、見慣れた木々や街並《まちな》みが話しかけてくるようだった。右に古賀志山《こがしやま》、鞍掛山《くらかけやま》が見えた。そういえば鳴蟲山《なきむしやま》があったと思い出した。急に込《こ》み上《あ》げてきたので走った。二段《だん》にして縛《しば》った竹の高枝《たかえだ》切りを左手に持ちながら走ることは慣れていた。枝ではなく涙《なみだ》が飛んだ。


葛生《くずう》駅《えき》に列車が止まった。

駅前のラーメン屋に入った。麵《めん》が縮《ちぢ》れていてものすごく旨い。二杯《はい》食べた。相変わらず人通りの少ない商店街を真っすぐ家まで歩いた。以前より町の白さが薄《うす》らいだと思った。

前もって注文していた竹とカナメモチの苗木《なえぎ》が庭に置いてあった。

母が出迎《でむか》えるやいなや柳造園《やなぎぞうえん》の社長さんからすごいものが届《とど》いていると言われた。玄関《げんかん》に一升瓶《しょうびん》が三本と北海道の海鮮鍋《かいせんなべ》セットが大きい発泡《はっぽう》スチロール製の箱で二つ積まれていた。それに月末の給料の他《ほか》に退職金として三十万円多く振《ふ》り込《こ》まれるそうだ。母は電話で丁寧《ていねい》にお礼を述べたらしい。

次の日、一日かかって家の周りに生垣《いけがき》を作った。

必要な竹の本数はほとんど予想どおりだった。竹を切る鋸《のこぎり》だけは買った。これだけは家になかったからだ。竹の上下の向きを確認《かくにん》し、上に水が溜《た》まるような穴《あな》は作らないように気をつけた。母にお茶を入れてもらって庭で飲んでいると照れくさかったけれど風は気持ちよかった。カナメモチにしたのは石灰《せっかい》の白さの中で若葉《わかば》と果実が赤くていいと思ったからだ。

「来年なあ、あんちゃん結婚《けっこん》するかもしれん」

母が突然《とつぜん》言った。

「結婚！」

びっくりした。昨晩はそんな話一言も出なかった。

「この生垣《いけがき》はちょうどよかったなあ、ぐっと家が引《ひ》き締《し》まってなあ。四《よ》つ目《め》垣《がき》言うん？」

「ああ、竹を縦《たて》と横に組んで出来る桝目《ますめ》が田圃《たんぼ》の田みたいでよ、子供ができたらこれに登って遊ぶだんべ」

健二は東京で必ずうまくやらなければと思った。泣いて帰るところはもうない。

3　小橋造園

健二は家の裏《うら》にある嘉多山《かたやま》の見晴台に立っている。長らく家を出ていると、どのような光景を思い出すか分かっていた。今自分が見ている眺《なが》めを思い出すのだ。

山に囲まれて白く靄《もや》がかかる町。道に沿《そ》って家の屋根が左へ少し向きを変えてのびている。眼《め》をつむって宇都宮《うつのみや》で思い出していた景色《けしき》を頭に描《えが》いた。するとさらに夢のような白さが瞼《まぶた》に広がる。目を開けてそれが眼前にある幸せをかみしめた。

明日、ここから出発する。細い平地を抜けて関東平野の端から大都会へ出て行く。田坂鍛冶《かじ》の創始者《そうし》鉄二《しゃてつじ》も昔、同じようにこの嘉多山から遠く南に見える江戸《えど》へ思いをはせたのだろうか。健二はそんなことを想像して何故《なぜ》か力の湧《わ》いてくる気がした。

浅草《あさくさ》と上野《うえの》以外の東京《とうきょう》は知らなかった。新宿《しんじゅく》や渋谷《しぶや》の雑踏《ざっとう》に紛《まぎ》れて初めて、健二は東京の地を実感した。人間の数に比べて木の数が少なく、街路樹《がいろじゅ》は必死に立っているように見えた。高枝切《たかえだき》りを持って電車に乗ることがためらわれる。しかし、東京の西へ進むにつれ、遥《はる》か遠くに山の連なりが見えてほっとできた。

西武《せいぶ》新宿線の上井草駅《かみいぐさえき》に近い小橋造園《こばしぞうえん》は、門を入ると広い土の庭だった。倉庫や作業場には手入れのいきとどいた道具がたくさんあった。

柳造園《やなぎぞうえん》のときと同じように、銀二《ぎんじ》作の出刃包丁《でばぼうちょう》と菜切り包丁を土産《みやげ》に持っていった。社長が玄関先《げんかんさき》にみんなを呼《よ》んで試し切りをしてみせたときは驚いた。切れ味に誰《だれ》もがほうーっとため息をついた。手首から白菜に下ろされた包丁があっさり、トンとまな板を叩《たた》く。何回も感嘆《かんたん》の声が上がり、そこにいた全員が試し切りをした。

新しい半纏《はんてん》が用意されていた。背《せ》に一文字《ひともじ》「庭」と白く染《そ》め抜《ぬ》かれた紺《こん》の半纏だ。そういうものは着たことがないと言うと、その場ですぐ着せられた。照れくさかったが半纏を着たまま味噌饅頭《みそまんじゅう》の包みを開け、みんなにひとつずつ配った。

田坂は小橋造園に家族的な雰囲気《ふんいき》で迎《むか》えられた。

雑用からスタートさせられると覚悟《かくご》していたが相応の扱《あつか》いを受けた。四十代、五十代の職人が多く、二十代、三十代はそう多くはない。田坂よりも若《わか》い従業員《じゅうぎょういん》はほとんどがど素人《しろうと》だった。特に二十歳《さい》前後の者はふらふらしている者が多く、以前の田坂のように早く一人前になろうとして躍起《やっき》になっている者はいない。ほとんどが言われたことしかやらなかった。それでも仕事を嫌《いや》がっているわけではないことが田坂には不思議だった。

社長の小橋清次は五十そこそこで、職人の配置と天気にいつも気を配っていた。仕事のローテーションに気を遣《つか》うのは柳造園《やなぎぞうえん》でも同じだったが仕事の細かさが違う。

「何月何日の午前中に二時間だけ松《まつ》を剪定《せんてい》してくれ」

栃木《とちぎ》ではなかった注文の仕方だ。

もちろんそういう頼み方をする施主《せしゅ》さんは全体の中では少ないが年々増えているそうだ。不況《ふきょう》でやむをえないらしい。また、いかにも大金持ちといった屋敷《やしき》の仕事もあった。しかし、数としては小さな洋風の家の、雑木と仕立物の混ざった庭が主体だ。

社長は大きな公園の林から個人の庭の一本の木まで、細かく書《か》き込《こ》まれた予定表をいつも持ち歩いていた。仕事の分量と職人の力量をうまくかみ合わせ、無駄《むだ》なく限られた時間の中で配分する。相当の腕《うで》がないと見切れないし、頭脳《ずのう》も必要だと田坂は思った。何しろ季節の移り変わりは速い。時期を逃《のが》すと仕事が逃《に》げる。施主《せしゅ》さんが剪定《せんてい》の時期を忘《わす》れていると社長から電話をかけて教えることまでする。社長は何百という家の庭の花木を記憶《きおく》しているのだ。仮に家が百軒《けん》あるとして、一軒につき木が五本としても五百本である。さらにそれぞれみな種類の違う木だ。田坂は社長の頭には少なく見積もっても二万本の木が詰《つ》まっていると思った。そして、庭仕事の陣頭指揮《じんとうしき》を率先してとり、かつ頭の中では明日以降のことを常に考えている。栃木《とちぎ》とは家の数が違うし、移動する道路の込《こ》み具合も全然違う。雨で予定が全ておじゃんになることもある。これで会社全体がぎすぎすしないのは、小橋清次という社長の人格のなせる業《わざ》だと田坂は思った。また何よりも自然の花木を相手にしていることの恩恵《おんけい》だとも思った。

しかしその要因に、ある重要な点が残されており、それが田坂の故郷の実家の意外なところに共通したものだということは、すぐには分からなかった。

ともあれ、土木作業のような仕事は少なく、田坂としては思《おも》う存分《ぞんぶん》に花木を通して鋏《はさみ》の修業ができたのである。

田坂はめきめき腕《うで》を上げた。

銀二の木鋏《きばさみ》はあらゆる花木の汁《しる》を吸《す》い、香《かお》りをかいだ。木鋏の音は木の種類や枝の水気の含《ふく》み方《かた》で音を変えることも分かったし、その日の湿気まで伝えるようだった。

田坂は施主《せしゅ》さんにその庭の花木の良さを伝える喜びを知り、仕事の遣《や》り甲斐《がい》も感じた。そして知らず知らずのうちに、以前よりも話すようになった。話せるようになってはじめて自分がずいぶんと無口だったことを知った。


その頃《ころ》、わずか一歳《さい》年上なだけで田坂より職人としての腕《うで》がはるかに高い、市村耕介《いちむらこうすけ》という先輩《せんぱい》と親しくなった。

市村は山梨《やまなし》の出身で実家は造園会社を営んでいる。花木とともに育ち、中学生の頃《ころ》から鋏《はさみ》を手にしていた。やはり高卒で小橋造園に就職《しゅうしょく》している。

田坂は仕事の速さだけは誰《だれ》にもひけをとらなかったが、松《まつ》や槙《まき》などの仕立物の剪定《せんてい》では市村に教えてもらう事ばかりだった。枯《か》れ枝《えだ》や不必要な芽を落とすことはできても、松を松らしくすることはなかなかできない。市村は格式というものの作り方を知っている熟達《じゅくたつ》した職人のようだった。

なかでも特に目を見張ったのは、松《まつ》や槇《まき》の幹割《みきわ》りをして枝の向きを変えていく手際だった。これは本来ベテランがやる仕事である。庭の中心の常緑樹《じょうりょくじゅ》を台無しにする恐《おそ》れがあるので、たやすくは手を出せない。幹の真ん中に割《わ》れ目《め》を十文字に入れて捻《ひね》っていく、たったそれだけのことだが枝の負担《ふたん》が大きく一つ間違《まちが》うと完全に駄目《だめ》になる。市村は木質を透《とう》視《し》するように見つめて曲げる。そして四十点の松を百点にした。これはものすごく価値《かち》のあることだった。一本の奇妙《きみょう》な枝振《えだぶ》りの矯正《きょうせい》は、木全体の姿《すがた》を実に堂々とさせるからだ。

年上に対して緊張《きんちょう》することの多かった田坂だが、山好きで気さくな市村にはすぐにうちとけた。休日を利用して田坂の知らない関東以西の山へよく連れて行かれた。丹沢《たんざわ》、大菩《だいぼ》薩《さつ》、八ヶ岳《やつがたけ》、南アルプス、北アルプス……、なだらかな東北の山容とはずいぶん違う登山だった。

山で酒を飲みながら語り合う楽しさも知った。

鍛冶場《かじば》で育った田坂にとって、小さい頃《ころ》から花木とともに育った市村の話は印象深かった。

「俺《おれ》は小さい頃《ころ》から植木とたくさん別れてきたんだ」

そう言う市村と飲む酒は今までにない味がした。

「商売物だから、どんなに親しんだ木でも売られることに抵抗《ていこう》できない。それが辛《つら》かったよ。ある日、いつも眺《なが》めていた木が忽然《こつぜん》となくなっている。好きな木が抜《ぬ》けた後の寂《さび》しさはたまらない、土にあいた穴《あな》がこっちに残るような気がするんだ」

言ってから市村は自分の胸を指でつついた。そして笑った。

「高校出るとき、一度木を迎《むか》える側に立ってみたかった。どこかで俺の好きだった木といつか再会することを夢見たんだ」

「えっ、本当か？」

田坂は市村を見た。木と再会するという言葉に驚いた。

「すごいな。それで、どうした？」

市村はあっさり「再会できないよ」と言った。わりと明るい声だったが、腹から絞り出すような言葉だと思った。

遠い稜線《りょうせん》の上に月が見える。山の風がそこら辺りまで吹いているような気がする。しばらく黙《だま》って酒を飲みつづけた。田坂は「今のところは再会できていない」という意味だろうと思いながら、かつてないほど酒をうまいと思った。喉《のど》に流し込むと市村の言葉が腹《はら》に熱く落ちてゆくのが分かった。

それからしばらくして雨で仕事が急に空いた日、田坂は市村から思いがけない所に誘《さそ》われた。

「こんなふってわいたような寒い日は、浅草《あさくさ》が一番いいんだ」

市村はにこにこしながら言った。

浅草は日に一本だが葛生《くずう》から直通の電車が出るので、小さい頃《ころ》から少なからず馴染《なじ》みがあった街だ。柳造園《やなぎぞうえん》にいた時も皆《みな》で気晴らしに出かけたことがあった。

しかし、市村が誘《さそ》った浅草演芸ホールという所は、田坂にとってそれまで一度も経験したことのない別世界だった。テレビでしか知らない舞台《ぶたい》を目の当たりにして、飽《あ》きるということがなかった。落語、漫才《まんざい》、皿回し、奇術《きじゅつ》、声帯模写《せいたいもしゃ》、繰《く》り出《だ》される出し物と話芸に子供のように笑い、夢中になった。

とりわけ紙切《かみき》りでは、その見事な鋏《はさみ》の芸に目を見張った。両腕《りょううで》を波打つようにくねらせながら切る一枚の紙が瞬《またた》く間《ま》に動物や人間の形になってゆく。田坂が感心しきりに見ていると突然、市村が次のリクエストをびっくりするほどの大声で言った。

「植木職人と松《まつ》！」

市村の声は会場に響《ひび》いた。他に「弁慶《べんけい》」とか「イチロー」などの声が上がった。紙切りの芸人は客席のあちこちから出るリクエストを聞き終えると言った。

「ただいま植木職人と松というご注文が御座《ござ》いました。聞くだけで泣けてくるようなお題で御座います。四十年前から私《わたし》の十八《おはこ》番中の十八番で御座いましたが、残念ながらこのところ御注文が減りめったに切る機会が御座いませんで、どう切ったらいいか鋏が今、思い出し中で御座います」

そこで市村が「鋏しっかりしろ！」とまたもや大声で言ったので、場内がどっときた。田坂も笑った。

お客の視線《しせん》をすべて紙と鋏の接点に集中させて、芸人は切り終えた。あまりの熱演に割《わ》れんばかりの拍手《はくしゅ》が起きた。市村は芸人から作品を貰《もら》うとき、紙に切り残されたもう一枚も所望した。田坂は市村から本切りの方を貰った。キリッとした松の形が傍らに立って見上げる職人とともに鮮やかだ。芸人が下がるともう少し見ていたい田坂をうながして外に出た。

「ここで出る方がいい」

市村はそう言って、次へと足を進めた。

田坂が連れられて行ったのは、浅草観音温泉《あさくさかんのんおんせん》だった。地元の人が昼間から憩《いこ》いを兼《か》ねて一風呂《ひとふろ》浴びに来る、旅館と銭湯《せんとう》をいっしょにしたような所だ。ドブンと気持ちよく身体を沈《しず》めた。

「湯でさっぱりしたら安くてバカウマのお好み焼き食いに行こう、その前のビールが旨《うま》いぞ〜」

市村は上機嫌《じょうきげん》で言った。田坂は同じ浅草でもこんな楽しみ方があったのかと信じられない思いだ。湯につかりながら天井《てんじょう》をぼうっと見ていた。

「しかし田坂は落語でも漫才でもよく笑ってたなあ、あんなに笑う奴《やつ》だとは思わなかったよ」

「ああ」

田坂が思い出し笑いをしながら、身体を洗うため湯から立ち上がったときだった。市村の次の言葉に思わず足が止まった。

「沈黙をつづけて来たる石ゆえに、石の笑いはとどまらぬなり……か」

「市村さん、今の何だ？」

田坂は驚いた。

「今のって？」

「今言ったやつ」

田坂があまりに真剣《しんけん》なので市村が逆に驚く。

「沈黙をつづけて来たるってやつか、えーと、あれは清吉《せいきち》さんのじゃなかった、方代《ほうだい》の短歌だけど、どうかしたか？」

市村はけげんな顔をしながら言った。

「ホウダイ？　何だそれ、ホウダイノタンカって何だ？」

田坂は市村の顔をまじまじと見た。そして、

「沈黙をつづけて来たる石ゆえに石の笑いはとどまらぬなり――」
田坂も言ってみた。それは鍛冶《かじ》仕事を終えた銀二が風呂《ふろ》につかりながらいつも言ってい
た言葉だ。田坂はどうして市村がそれを知っているのか不思議でならなかった。
「清吉《せいきち》さんが好きな歌人の短歌だけど……」
田坂はタンカが短歌だとしばらく分からなかった。気づいてから、五七五七七と指で折
って区切りながらもう一度言ってみた。確かに短歌らしい……
そして、銀二のつぶやいていた言葉は有名な山崎方代《やまざきほうだい》という歌人の短歌であり、清吉さ
んも好きでよく口ずさんでいることを知った。田坂は風呂場の銀二を思い出しながら、し
ばらく茫然《ぼうぜん》としていた。
「あの……」
市村が困ったような顔をして、何か言おうとしている。
「えっ」
田坂は何だろうと思った。
「俺《おれ》の目の前でそのゾウさんみたいなの、あまりいつまでもぶら下げていて欲《ほ》しくないん

だけど」

田坂は「あっ」と言って、もう一度湯につかった。

市村が大きな口を開けて笑った。

「なんか俺《おれ》、そろそろ出ようと思ったんだけど出られない雰囲気《ふんいき》になっちゃったなあ、今出ると見られるような気がする」

そう市村が言ったので、田坂も笑った。天井《てんじょう》にこだまするほどでっかく笑った。

湯船の上の広い壁《かべ》の風景画に松があった。

「紙切りの松《まつ》もいいが、緑のペンキで一振《ひとふ》りサッとはらっただけの松もいいなあ」

市村が気持ちよさそうに言った。


清吉さんとは小橋造園《こばしぞうえん》の社長清次の親父である。八十を越しているがまだ引退していない。飄々《ひょうひょう》としていて、みんなから「清吉さん」と親しく呼《よ》ばれている。背が高く身体は細く、仕事場で黙って立っているとよく枯木《かれき》と間違えられる。

しかし、庭師としての力は飛び抜けている。

ひとたび庭に入ると、その庭の風が変わるのだ。清吉が入って来たことが分かるのではないかと思うほど、辺りには静寂《せいじゃく》な気が流れどの木も嬉《うれ》しがるように見える。来年はみごとな花をたくさん咲《さ》かせますよ――、木がそう言っているような気がする。それから清吉の気配はどこかに自然と紛《まぎ》れてしまうのだ。いつの間にか、庭にいるどの職人も安心して自分の仕事に集中している。

小橋造園《こばしぞうえん》の人間に限らず、多くの人が清吉さんには一目置《いちもく》いている。田坂は清吉さんの庭師としての力量は、自分の感知し得ないもっとずっと高いレベルなのだと思っている。

その清吉さんが銀二と同じ短歌を好んでいた。

二人は浅草観音温泉《あさくさかんのんおんせん》を出るとお好み焼き屋に入った。くすんだ看板《かんばん》には「染《そ》めたろう」とかろうじて見える。かなり古い造りの店だ。

田坂はジジジィーッと音を出す熱い鉄板に見入っていた。

「田坂はヘラの使い方が巧《うま》いなあ。堂に入っている感じだ。俺《おれ》の出る幕《まく》がないよ。庭師じゃなくて鉄板師もいいんじゃないか」

市村はもうビールを相当に飲んでいる。これから本格的に日本酒にうつる気配だ。

田坂が焼《や》け焦《こ》げを取《と》り除《のぞ》いた鉄板に、こねた生地をたらして広げていると、市村はアルミのカップに残っていた揚《あ》げ玉《だま》をつまんで、その上に落として言った。

「かさかさになりし心の真ん中へどんぐりの実を落してみたり――」

「それも山崎方代という人の短歌なのか？」

「そうだよ、俺《おれ》は清吉さんが歌集を買うとき、これも庭師修行の一つだと思って買ったからよく知っているんだ。あの頃《ころ》は金がなくて一万円払《はら》うのはキヨブタだったなあ」

「一万円もしたのか、でもキヨブタって何？」

「知らないのかキヨブタを。何にも知らないんだな。清水《きよみず》の舞台《ぶたい》から飛び降りる豚《ぶた》の気持ちだよ」

「何だそれ、そんなこと知るわけないじゃないか」

田坂は笑いながら言ったが、その本が欲しくてたまらなかった。一万円だろうが何だろうが自分も買おうと思った。そして銀二がよく口にしていたある言葉を、もしやと思い言ってみた。

「寂しくてひとり笑えば卓袱台《ちゃぶだい》の上の茶碗《ちゃわん》が笑い出したり……」

「おう、それも歌集に入ってた。何とも切ない歌だな。田坂のお爺《じい》ちゃんもつぶやいていたのか」

「ああ」

田坂は下を向いて言った。

鉄板の熱を顔に感じる。何とも言えない懐《なつ》かしい熱さだ。健二はもっと顔を近づけたい衝動《しょうどう》にかられた。赤めた鉄を槌《つち》で思いっきり叩《たた》いてみたい。あの音が聞きたい。そう思った。そして銀二がダンボールに炭で書いて鍛冶場《かじば》に立てかけていたのも短歌だと気づいた。あの舌を垂《た》れている鬼《おに》……。あれもきっとその方代という人の歌集に載《の》っているにちがいない、そう思ったとき、市村が徳利をもって田坂に突き出した。

「飲めよ」

「ああ」

健二はぐいと飲んだ。

銀二といっしょに一度も酒を飲むことがなかった。今、生きていればどれほど嬉《うれ》しいかと思った。

市村は手酌《てじゃく》で酒を飲みながら言った。

「俺《おれ》は田坂のお爺《じい》ちゃんや清吉さんのように生活の中でつぶやくことはあまりないけれど、ひとついいなと思った短歌があるんだ。『コップの中にるり色の虫が死んでおるさあおれも旅に出よう』これが好きだなあ」

小さい時に好きな木と別れて、いつか再会したいと言った市村と今、同じ顔をしている。田坂はこの時の市村を好きだと思った。今日は思いきり飲もうと思った。

「清吉さんは山崎方代のことを、心がないと思うほどでっかいんだって言ってた」

「清吉さんてよく庭にいるのに、いるかいないか分からなくなる時あるでしょ。そういうことかな」

田坂が言うと、市村はちょっと考えてから言った。

「それはどうかなあ？　ちょっと違う気もするけど」

「方代という歌人、もしかして着の身着のままで生きていた人？」

「何でそう思う？」

「何となく」

田坂は銀二が死んだ後、銀二の持ち物はほとんど何もなかったことを思い出していた。鍛冶場《かじば》にはいろんな仕事の道具が所狭《ところせま》しとあったけれど、それ以外ではほとんど着の身着のまま同然だった。

「それに近いと思うよ。写真で方代の生活を見たけれど、本の他に余分な物はあまりなかったなあ。印象的だったのは、辺りに転がっている生活道具がみんな生きていて言葉を話しそうだったことだよ」

田坂も銀二の道具たちがそんな風だったと思った。

「今度、田坂の郷里の話とか高校時代の話とか、もっとゆっくり聞きたいなあ。俺《おれ》のことはだいぶ言ったしなあ」

「ああ」

市村になら何でも言えると思った。

「それと清吉さんだけれど年のわりにけっして耳は遠くないぞ、目もいい。何でも聞いて、何でも見てるぞ。清吉さんは枝を切るときの鋏《はさみ》の音で職人の良し悪しがわかると言っている。この前、田坂の鋏《はさみ》の音は鋏がいいからだけじゃないって言ってたぞ」

田坂はそれを聞いて心底、嬉《うれ》しかった。

「だけどなあ、最初田坂を見たときはすごいのが来たと思ったよ、本当に。変な長い竹の棒を持ってるし、とんでもなく切れる包丁も持ってるし、俺《おれ》が脚立《きゃたつ》の上で松《まつ》の剪定《せんてい》しながらふと下見ると、車からノコギリ取って庭に入る姿《すがた》が、まるで討《う》ち入《い》りでもするみたいに見えたんだ」

ぐいっと酒を飲みながら市村は笑った。

その夜遅《おそ》くに帰った田坂は、自分でも驚くほどしたたかに酔《よ》っていたが、紙切りの絵をしっかりと見た。松の輪郭《りんかく》にそって鋏が細かく正確に走っている。満員の聴衆《ちょうしゅう》の中でよくこれだけ見事に切れるものだと感心した。

しっかり包んでかあちゃんに送ろう。今度の仕事先は絶対に長続きさせる決心でいることと、それから、銀二の好きだった石が笑う短歌のことも書き添えようと思った。

田坂の早い仕事は、とりあえず東京の小さな庭の小刻《こきざ》みな剪定《せんてい》では重宝《ちょうほう》がられた。最初は社長や年配の職人について回っていたが、ほどなく小さい所は任《まか》されるようになった。田坂は庭木の剪定《せんてい》の基本をきっちりと守った。少しずつだが田坂を指名してくる施主《せしゅ》さんが出始めた。

社長の清次は、客の付き方が市村は清吉に似ているが、田坂は自分に似ていると思った。田坂の腕《うで》はぐんぐん上がり、住《す》み込《こ》みは一年でやめて電車で二つ離れた先にアパートを見つけた。そして今年は二七歳《さい》になる。就職《しゅうしょく》九年目である。

田坂の半纏姿《はんてんすがた》は板についてきた。

第三章　剪定二日目

1　カレーライス

いい湯だなあ〜

あたりは清新な木の香りに包まれている。

温泉の檜風呂《ひのきぶろ》の清清《すがすが》しい香りは、大げさでなく幸子の鼻から流水のように身体に入ってきた。

「さちこっ、さちこっ」

水面の上からお母さんの声がする。あまりのいい香りに幸子は気持ちよくて鼻だけで起きている。

「ほら、起きなさいよ。これ見てごらん」

幸子の顔の間近に見慣れない木の板がある。夢でなく本当に檜の香りがそこからする。

「なんだこりゃあ！」

「うちのまな板《いた》よ」

お母さんもうっとりしている。

「これ、うちのじゃないよ」

「うちのなのよ」

「違うよ」

幸子は手でさわり、大きさと厚みを見て「間違《まちが》ってるよ」と確信をもって繰返《くりかえ》した。だいいちこんなに美しい新品なんかじゃない。

そこへ一枚の紙が差し出された。きのう幸子が写したまな板の木目《もくめ》だ。言われるままに二つを較《くら》べてみると、まさしく同じ木目《もくめ》模様《もよう》だ。幸子が気をつけてとらえた木目の特徴《とくちょう》がみごとに一致《いっち》している。母がまな板の一点を指差した。小さなキズがある。

「去年の暮《く》れにつけたあの深いキズが削《けず》られてこんなに小さくなったのよ」

「あっ」

幸子が確かに目印のごとく最後につけた位置にそれはあった。

「奇跡《きせき》よ。あんなひどいまな板《いた》がここまで再生するなんて、まさしく奇跡よ」

母はまな板を抱《だ》きかかえた。

「田坂さんはね、一目見てこれは最高の檜《ひのき》だって分かったんだって。土佐檜《とさひのき》って言ってたわよ。削《けず》ればいい匂いを放つから、料理に使って香りが消される前に、なるべくたくさん匂いをかいでもらおうとして、今朝削ってくれたんですって。大きさとか厚みとかは変わるけど、檜の命って素晴らしいわねえ。輝《かがや》く芳香《ほうこう》って言うのかしら、あたしも結婚《けっこん》したての頃《ころ》はこんなだったのよ。でも、これであたしも元に戻《もど》ったわ」

「夕べとは別人だね」

「それほどでもないわよ」

横目でにらまれた。

「そのまな板しばらくこの部屋に置きたいな」

「ダメよ」

「その上でお魚なんかさばいちゃ、まな板がかわいそうだよ」

「いいの、あんたの子供用があるから。しばらく台所でいい香りを楽しませてもらうわ。

ところで、今日は田坂さんに一日中ついて観察するんじゃなかったの？　もうビワなんか終わっちゃってるはずよ。それに昼のカレーライスの準備はどうするの？」

「ぎゃあああっ」

幸子は檜《ひのき》の香《かお》りでいっぱいになった部屋を出て、隣の部屋へ急いだ。カーテンを開けると、西側が丸見えになっている。ビワは完全に終わっている。窓を開けると、サカキを剪《せん》定《てい》している田坂がいた。

「おはよう、田坂さん。まな板《いた》きれいだったよう。これからカレー作るからねえ」

「ありがとうございます」

葉の間から田坂の笑い顔が見えた。きのうと同じパチン、パチンという木鋏《きばさみ》の音が耳に飛び込んできた。


庭にレジャーシートを敷《し》いて料理を出した。

幸子は迷った末にいっしょに食べることにした。

「夏に満《みつる》おじさんと庭でキャンプしたとき以来だなあ」

「家でキャンプができるなんて、うらやましいかぎりです」

田坂はおいしそうに食べながら言った。

満《みつる》おじさんはお母さんの弟で幸子の大の仲良しだ。今は倉敷《くらしき》に住んでいて明日はお嫁《よめ》さんの由子《ゆうこ》さんといっしょに、岡山から来る久子曾《ひい》お婆《ばあ》ちゃん一行と合流し、お婆ちゃんを連れてきてくれる。

「でも、今年のキャンプは私《わたし》のなぐさめ会だったの」

そう言った幸子を、田坂は一瞬《いっしゅん》見ただけですぐにまたカレーに没頭《ぼっとう》しはじめた。スプーンの一すくいがものすごく大きい。のせられるだけのせている感じだ。集中して食べている。

今言ったことはもう覚えていないかもしれないなと幸子は思った。でもすぐに、田坂さんはクラスメートじゃないし噂《うわさ》好きの大人でもないから、わざと聞き返さないんだと思いなおした。この人は庭師だ。

今年の夏……

学校でも家でも元気が出なくなっていた。

一学期の後半は、学校に無理して行っても途中《とちゅう》で帰って来てしまうことを繰返《くりかえ》していた。道で会う知り合いの大人からは、どうして学校に行かないのかと尋《たず》ねられ、いろいろ噂《うわさ》もされて、そのうち会っても話しかけられなくなって、……しだいに幸子は話すことも家から出ることも嫌《いや》になった。

学校の移動教室も行けなくて、心配した満おじさんはまだ新婚《しんこん》なのに、この庭で幸子とキャンプをするために夏休みをつぶして来てくれた。

ドウダンツツジは漢字で満天星って書くから好きだと言って、その横にテントを張った。

「幸ちゃん、今日は本当に満天の星だよ。東京の夜でもこんなにきれいな夜空が見えるときがあるんだね。お盆《ぼん》で排気ガスを出す車が少ないせいだよ。流れ星があると思うから願いごと考えておこうね」

満おじさんはそんなことを言っていた。

田坂さんとちがって庭のこと全然詳《くわ》しくないけれど、幸子の心の隅《すみ》を探《さぐ》ろうとしないところは同じだと思った。

幸子はまだ半分も食べていないカレーをゆっくりと食べながら、大盛《おおもり》二杯《はい》をあっという間に平らげた田坂に、小学校の思い出や就職《しゅうしょく》した頃《ころ》の話を聞いた。ほとんどが銀二と木鋏《きばさみ》のことばかりだった。

「もう田坂鍛冶《かじ》はなくなるの？」

「鍛冶場はあっても作る人がいないから、なくなると思います」

「でも田坂さんの子供が継《つ》ぐかもしれないね」

田坂は郷里の兄に二人目の息子《むすこ》ができたことを思い出した。しかし、その名前と鍛冶とを結びつけることは避《さ》けていた。

「ねえ、何で水を飲まないの。お代わりもしているのに全然減ってないよ」

「庭で仕事する職人はあまり水分を取らないんです」

「どうして？」

「しょっちゅうトイレに行きたくなっているようだと失格なんです。施主《せしゅ》さんのお宅《たく》にお邪魔《じゃま》すると家が汚《よご》れるし、だいいち心構えが悪い」

「うちのトイレは使っていいんだよ」

「ありがとうございます。でも、汗《あせ》になる量しか飲まない習慣になっているし、心配しないで大丈夫《だいじょうぶ》ですよ」

幸子は庭師の仕事は楽ではないと思った。

「さっきの話の修業中のことだけど、いじめられたことある？」

幸子は何気なく聞いてみた。

「いじめられたことは、ないです。居づらい思いをしたことはあるけれど、でも……」

田坂が話を切ったけれど、幸子は黙って待っていた。

「小学校のときでも、仕事中でもいつでも嫌《いや》なことはたくさんありましたよ。でも、誰《だれ》かを一生懸命に憎《にく》むほどのことは一回もなかったなあ。銀二の仕事振《しごとぶ》りを見ながら育ちましたからね。真っ赤になった鋼《はがね》や鉄を叩《たた》いているときの銀二が一番好きだったです」

それは幸子のまだ知らない音の世界だと思った。でも、田坂さんの木鋏《きばさみ》の音は銀二が鍛《か》冶場《じば》で一生懸命に叩いて作った音なのだと思った。

親しかった友だちが転校してめそめそしていたことや、人の目付きばかり気になっていたことがふと馬鹿《ばか》らしくなった。

私《わたし》には強さも粘《ねば》りもない。幸子はそう思った。

風が吹いて、ススキが揺《ゆ》れた。

「この庭を造った人はどんな人だったんでしょうね」

田坂がススキの穂《ほ》を見ながら言った。

「志郎曾《ひい》お爺《じい》ちゃんだよ。もうずっと前に死んじゃっているから私《わたし》は知らないけれど、久子曾お婆《ばあ》ちゃんはまだまだ元気で、明日この庭にやって来るんだよ」

「みなさん、とっても木が好きな人だったということ、剪定《せんてい》をしているとよく分かります。明日は天気もよくなりそうでよかったですね」

「うん」

「あの、幸子さんの小学校のことだけど、どこかな？　このあたりだと井草《いぐさ》小かなあ」

「そうだよ」

「そうかあ、じゃあよく知っています」

「ホント？」

「はい、イチョウに囲まれている学校ですね。最高だな」

「どうして？」

幸子は庭師の言う最高の意味を知りたかった。

「イチョウは焼けても枯《か》れないんです。葉が焚火《たきび》に使えないほど水分を多く含《ふく》んでいる」

「何でそれが最高なの」

「火災から守ってくれます。昔、関東大震災《かんとうだいしんさい》があったときに浅草《あさくさ》の観音様《かんのんさま》は周りのイチョウから守られたんですよ。伝説だけれど、幹から水を吹いて群がる火を消したらしい。だからヒブセの木って言われてるんです」

「ヒブセ？」

「火を防ぐっていう意味で、火ぶせの木。災害のときは必ず守ってくれる。イチョウは背《せ》も高く遠くからでも目につくし、それで最高なんです」

「ふううん」

「学校に行くまでの道もいいしね」

幸子は道を思《おも》い浮《う》かべたけれど、どこにでもあるような道で全然いいと思わなかった。

「あそこの街路樹《がいろじゅ》はユリノキですね。よく見たことありますか？」

「全然ないよ」

幸子はよく見るどころか、うまく思い出せないほどだった。そこで田坂さんは自分の半《はん》纏《てん》を脱いで広げて見せてくれた。

「ユリノキは別名をハンテンボクって言います。この半纏に形がそっくりだから。今度気をつけて見てください」

「へえっ」

「春にはこの半纏の形のとても小さな葉がそれぞれ外側に向かって生え伸《の》びて、それは祭りで威勢《いせい》のいい子供たちが空に飛び出すようなんです。そして、秋の葉の色づきは一枚一枚みんな違うから、ほどよく散ったあとの様子をよく見ていると、いろんな色の茶色がポツポツって空に浮《う》かんで、絶好の見頃《みごろ》を発見できる」

「へえええっ」

幸子はカレーを食べるのも忘《わす》れて聞いていた。

「あの、こんな話面白いですか？」

「面白いって言うか、知らないことがいっぱい分かって、やっぱり面白いよ」

「それは良かった。こんなにおいしいカレーをこんなにたくさん御馳走《ごちそう》になったから、もうひとつ教えますね」

「うん」

「幸子さんはチューリップ好きですか？」

「だーい好き」

「ユリノキは半纏木《はんてんぼく》のほかに、外国ではチューリップツリーって言われているんですよ」

「チューリップの木？」

「そう、五月頃《ごろ》に黄緑色のチューリップに似た花がたくさん咲《さ》くんです。東京の街路樹《がいろじゅ》だと鮮やかではないかもしれないけれど、栃木県《とちぎけん》には見事な木があって葉の上に咲いた花に陽が当ると童話の世界みたいなんです」

幸子は高いユリノキに咲くたくさんの黄緑色のチューリップを想像した。風が吹いて陽にキラキラ輝《かがや》いている。

庭師は学校のことを話すのでもこんなに違う、幸子はそう思った。

そこへ、母がフルーツポンチを持って来た。

「さっきからとても楽しそうですねえ。田坂さんどうもすみません。お休みができませんねえ」

「いえ、とんでもありません。申《もう》し訳《わけ》ないくらいゆっくりさせていただいています。それに大変ご馳走様《ちそうさま》でした。ありがとうございます」

「屋根の樋《とい》のゴミまで掃除《そうじ》していただいて、こちらこそお礼を言わせていただきます」

「あのう、午後は百日紅《さるすべり》を剪定《せんてい》いたします。二階の二部屋ともカーテンをお願いいたします。それと裏のアオキも剪定いたしますので、おトイレの窓は一時お閉《し》めください」

「はい、そうさせていただきます」

「何でカーテンするの？」

「仕事中にお部屋が見えるのはよくないですからね」

「そしたら私《わたし》がそばで見られないよ」

「いつもそばで見られたら田坂さんが迷惑《めいわく》でしょ」

母が言った。

「そんなことないですよね」

幸子が田坂を見ながら言った。

「あるわよ」

「ないよ」

「ダメよ」

母はピシャリと言った。

「お母さん」

「何ですか」

「そろそろ美容院の予約した時間なんじゃない？」

靖子があわてて玄関《げんかん》を出て行ってから、また少し話の続きをした。

「うちは百日紅《さるすべり》が紅《あか》い花を咲《さ》かせているときは庭でキャンプして、そのままテントの中で寝《ね》てもいいことになっているんだよ」

「そりゃあ、いいなあ。ちょうど暑い盛《さか》りだ。ところでサルスベリは漢字でどう書くか知っていますか？」

「知ってるよ。百日の紅《べに》って書くんでしょ。でも実際はそんなに咲いてないよ」

「はい。気候とか年回りにもよるけど、だいたい七十から、八十日くらいかなあ」

「二十日以上そんしてるよ」

「それだけ咲《さ》いていればすごいじゃないですか」

「あっ、そうか」

そのとき鳥が二羽、すうっと庭に下りてきた。

「スズメだ」

幸子が言うと、スズメは山吹《やまぶき》の方へチュンチュンと跳《は》ねながら近づいていった。一羽はドウダンツツジの方へいく。その辺りには鳥の落とした種子で根付いたセンリョウとマンリョウが生えている。

「明日来る満おじさんは、ドウダンツツジが好きなんだけど、何でだか分かる？」

幸子のいきなりの質問に、田坂はちょっと考えたがすぐに言った。

「あー、それは分かっちゃった」

「なーに」

「ドウダンツツジは漢字で満天の星って書くけど、それと関係があるでしょ」

「うーん、庭師には簡単なクイズだったみたいね。満おじさんはすごく面白いおじさんで、大好きなんだけどあわて者なんだよ。テストの満点の方だと勘違《かんちが》いして、作文に僕はドウダンツツジのように満点を星の数ほど取りたいって書いて、字が違うから減点されちゃったんだよ。」

「面白いですね。だけど花木にあてられた漢字は本当に味わいがありますね」

田坂は庭にある木のうち、幸子の知らない漢字は小枝で土に書いて教えてくれた。

枇杷《びわ》　薄《すすき》　白木蘭《はくもくれん》

梔子《くちなし》　榊《さかき》　枝垂紅葉《しだれもみじ》

隠蓑《かくれみの》　枸橘《からたち》　柊木犀《ひいらぎもくせい》

「私はハクウンボクの漢字が好きだな」

幸子がそう言って白雲木を見つめていると、その丸い葉の上から風がもれ、ススキを揺《ゆ》らし、シダレモミジに流れていった。

フルーツポンチは口中のカレー味をもうすっきりと落としていた。

2　志郎曾お爺ちゃん

　幸子は田坂の百日紅《さるすべり》の剪定《せんてい》を下から眺《なが》めていた。ほとんどが脚立《きゃたつ》の上での仕事なのに、二階の自分の部屋から観察できないのが不満だった。

　窓から木の人に話しかけられるなんて素敵なのに残念だ……

　幸子はしばらく縁側《えんがわ》に腰《こし》掛《か》けていたが、ふとあることを思いついて、「ちょっと待っててね」と言い残して、急いで家の中に入っていった。

　百日紅は二本あって、二つある部屋の片方からは東側に、もう片方の部屋からは西側に見えるように配置されている。それによって同じ庭でも、部屋からの眺《なが》めに微妙《びみょう》な違いが出ているはずだ。田坂はそう思って、この庭を想定した人の力量に感心することしきりだった。そして、猫柳《ねこやなぎ》と雪柳《ゆきやなぎ》もそれぞれの部屋に渋《しぶ》いアクセントをそえている。

田坂は東から西側の百日紅《さるすべり》の剪定《せんてい》に移った。

位置取りを慎重《しんちょう》に決めてから、脚立《きゃたつ》に登って鋏《はさみ》を入れる瞬間《しゅんかん》だった。目の前の二階のカーテンとガラス窓が勢いよくサッと開けられて、幸子の顔が急に出てきた。

「うわっ」

さすがの田坂も声をあげてビックリした。

「ど、どうしたんですかっ」

「ほらほらっ、これが志郎お爺《じい》ちゃんだよ。今やっと昔の写真を見つけたんだよ」

幸子が笑いながら手を伸《の》ばしている。

田坂が目をやるとサイズの小さいセピア色の写真で、和服を着た男がこちらを見ている。腕が揺《ゆ》れてかすかに上下しているが、静かで誠実《せいじつ》そうな顔が田坂の目を射《い》た。

「わかったでしょ、これがお庭を造った曾《ひい》お爺ちゃんだよ」

「わかりました。ありがとう、幸子さん。ちゃんと大切にしまっておいてくださいね」

「うん」

しかし、田坂が驚いたのはそれだけではなかった。後で思い返してもドキドキする光景がそれから繰《く》り広《ひろ》げられたのである。

幸子は窓を閉めカーテンもして写真をしまいにいったと田坂は思ったが、横の東の部屋の窓がまた開けられた。何か変だなと思ってその方を見ると、まさに幸子がその窓から外へ乗り出そうとしているところだった。

田坂はあわてた。いったいどうしたというのだ！

「危ないっ！」

強く叫《さけ》んだ。

しかし、幸子は両手を広げて、バッと窓の桟《さん》を蹴《け》った。

田坂の見ている前で、幸子が宙《ちゅう》を飛んでいる。

「ああっ」

田坂は息をのんだ。

しかし、その声が鳴り止まぬ間に幸子は、剪定《せんてい》を終えたばかりの東の百日紅《さるすべり》に果敢《かかん》に抱《だ》きついていた。エンジ色のスカートからあらわになったすねで幹をうまくはさみながら、スルスルッと器用につたって地上に降り立ったのである。

そしてすぐさま左手を腰《こし》にあて、右手でピースをして見せた。

「これが志郎曾《ひい》お爺《じい》ちゃんの考えた、うちに代々伝わる災害のときの逃《に》げ方《かた》なんだよ。火事の煙《けむり》で階段《かいだん》が降りられなくてもこれで平気だし、泥棒《どろぼう》が木によじ登ろうと思っても猿《さる》スベリだからツルツルして登れないし、チョウ安全なんだよ。最高でしょっ」

「最高だ！」

田坂はあ然《ぜん》としながら言った。

「でも久しぶりにやったなあ。いつ以来だろう？　絶対に家の関係者じゃないと見せないんだけれど、きのうからいろいろ教えてもらっているから、お礼として特別にやったんだよ」

「ありがとうございます。本当にものすごく勉強になりました」

田坂はまだドキドキして仕事の手を動かせずにいる。

「あの、このことはお母さんに言わないでね」

「はい、わかりました」

田坂は約束したが、もし自分が庭にいるときに施主《せしゅ》さんのお嬢さんに事故でもあったら、いったいどんなことになるのかと思った。

「あたしが怪我《けが》でもしやしないかと思って心配したでしょ」

田坂が目を細くして黙って見ていると、幸子はやれやれという感じで、ポケットからまた志郎お爺《じい》ちゃんの写真を出して言った。

「それじゃ、これはもういいね。しまってくるね」

幸子は裸足《はだし》のまま歩いて縁側《えんがわ》にすわり、足をはたいた。でも、足裏《あしうら》についた土は、きれいに洗ってしまうのが何故《なぜ》かもったいない気がした。

中上家に代々伝わる百日紅《さるすべり》の術の最初の指南は久子曾お婆《ばあ》ちゃんだ。その可憐《かれん》さは伝説になっている。お母さんが小さい時に千葉の節子お婆ちゃんから聞いた話だと、窓からまるで鳥が飛び立つようだったらしい。白いセーターを着た久子さんが両手を真っすぐに伸《の》ばして飛んでいる。

七十年以上前だから、最初は縁側から飛んで遊んでいたらしい。でもまもなく二階から飛べるほど百日紅は大きくなった。満おじさんも小学校の時にさかんに練習したらしいが、中上家の女ほどうまくはなれない。ただしがみ付いてそのままドンと落ちるだけだ。久子お婆《ばあ》ちゃんは志郎曾お爺《じい》ちゃんが見ている前で、木のまわりを二回旋回《せんかい》しながら舞《ま》い降《お》りたらしい。

「とても優雅《ゆうが》で、誰《だれ》も真似《まね》ができないわよ」

そう節子お婆ちゃんは言う。靖子お母さんも一回しか回れない。でも幸子は自分ならできる気がする。何故《なぜ》なら、久子お婆ちゃんと幸子には共通点があるのだ。それは左の腕で百日紅《さるすべり》の幹をとらえることだ。とらえながら右手をそのまま空にかざすようにできれば、きっと二回旋回できるにちがいない。幸子はそう思っていた。今幸子は足についた土を払《はら》いながら、久しぶりにその予感を感じた。

パチン。

木鋏《きばさみ》の音が上のほうでした。

田坂はまた鋏《はさみ》を使い始めたが、さっき見た写真のお爺さんがどこかで、庭はまだまだ奥《おく》の深いものだと言った気がした。

裏のアオキの剪定《せんてい》に移った。

「このアオキはすごく増えちゃっていますね」

「そうかな？」

「北側の光全部を貪《むさぼ》っている感じだなあ」

幸子にはいつもの狭《せま》い裏の通路にしか見えない。

「ねえ、さっきお母さんにトイレの窓閉めてって言ったけど、どうしてここがトイレだって分かったの」

「アオキのように葉が厚くて大きいものは北側のトイレの目隠《めかく》しにちょうどいいんです」

「ふううん」

「常緑樹《じょうりょくじゅ》で一年中生えているし、丈《たけ》もせいぜい人間の高さぐらいだから、他の窓を暗くすることもありません」

「この赤い実もトイレから見えるとかわいいよ」

「そうですね。暗い場所にほっとする実のつき方ですね」

幸子は表の庭の淋《さび》しくなる冬でも、ここだけは春まで赤い実に飾《かざ》られて暖《あたた》かそうなのだと、今更のように知った。

「さて写真のお爺《じい》さんはどんな構想だったんだろう。たぶんトイレの窓の左右を少し開けた隙間《すきま》から、一番よく見えるようにしたんだろうな。あっ、やっぱりそうだ。ほら、これとこれが残すべき主力のアオキだ。あとは通りやすいようにサッパリさせましょう」

田坂が刈《か》り込《こ》んでいる間、幸子はアオキの根元からいろいろな物が出てくるのを拾って歩いた。

「きゃっ、これ失くしたと思ったストラップだ。なんかいろんな物が出てくる感じがする。消しゴムまであるよ。あっ、これは……」

幸子はメノウのような石を見つけた。安物のおもちゃだがたしかに記憶《きおく》がある。これは静子のサンダルについていた飾《かざ》りだ……。土と繋った葉の匂《にお》いの中で、静子と遊んだ日々が甦《よみがえ》った。幸子はしばらくその石を手のひらの上で見つめていた。楽しかった遠い時がほころびからぽろっと落ちてきたようだ。

黙って地面に落ちている物を探していると田坂さんの声がした。

「この辺はよくかくれんぼで隠れたところでしょ」

「そうだね、でも、かくれんぼのときしかあまり来ない所だなあ」

幸子は志郎お爺《じい》ちゃんが、隠《かく》れやすいようにわざと葉の大きなアオキをここに植えたのだと思った。たしかに細かい葉が茂《しげ》っていると隠れづらい。アオキぐらいの大きさだと、身体も隠しやすいし息も楽にできる。

「こっちにもだいぶ落し物がありますから、幸子さん、申《もう》し訳《わけ》ないですが使わないビニールの袋《ふくろ》か何か持って来てくれませんか」

「うん、わかった」

そのビニール袋《ぶくろ》には結局、捨てる物ばかりだったけれど、捨てないで取って置きたい物もいくつかあった。きのう見つけたのと同じ黒くて丸い石もあったし、幸子の名前を彫《ほ》りこんだ三角定規もあった。

それらを全部拾い集めてアオキの剪定《せんてい》は終り、裏の通路は裏庭になった。

3　葛餅

母が帰って来て、三時のお茶には伊勢屋《いせや》の葛餅《くずもち》が出た。

「これは吉野《よしの》の本葛《ほんくず》と和三盆《わさんぼん》で作ってあるのよ」

「何それ」

「本物の葛餅っていう意味よ」

「ふううん」

庭のレジャーシートに座《すわ》って、幸子はぷるんぷるんした葛餅をあっという間に食べてしまった。たまにお父さんが駅の売店で買ってくるのとは違う感じの和菓子《わがし》だ。透明《とうめい》でとろけるようななめらかさがある。でも、深めのお皿にもっとたくさん入れて、黒蜜《くろみつ》ときな粉でグジャグジャにかき混ぜて食べる方が葛餅らしいと思った。

これはちょっと上品すぎるよ、と思って田坂さんを見ると変だった。お茶だけ飲んで、まだ一口も食べていない。昼の食事とは逆になっている。

「葛餅嫌《くずもちぎら》いなの?」

そう聞いてみたけれど、返事がすぐに返ってこない。心ここにあらずって感じで、じっと葛餅を見つめている。さっきまでの庭師の顔をしていないと幸子は思った。

「あのう、葛餅はお嫌いですか?」

お茶を継《つ》ぎ足《た》しながらもう一度、丁寧《ていねい》に聞き返してみた。

「あ、いえ、好きです」

それだけ言って田坂はゆっくりと食べ始めた。カレーライスの中のジャガイモと同じくらいの大きさなのに、薄く切りながら食べるから、ひどく時間がかかっている。幸子はおかしくてしょうがなかった。でも、笑うことは何故《なぜ》か許されない気がした。しばらくの沈《ちん》黙《もく》の後に田坂がしゃべった。

「あの、奈良《なら》の山奥《やまおく》の味がしますね」

「はい」

幸子はよく分からないけれど、「はい」と答えてしまった。

「清水《しみず》の香《かお》りもするようです」

「はい」

田坂さんの食べる様子を見ていると、自分だけすぐに食べ終えてしまったことが、恥《は》ずかしいことのように思われた。

「父が生前、奈良《なら》の旅館に泊まったとき、近くの野山を散歩したらしいんです」

幸子は田坂の話にはお爺《じい》ちゃんの銀二ばかりで、お父さんは今はじめて出てきたと思った。

「そうしたら穴《あな》を掘《ほ》っている人がいたんです」

「穴ですか？」

「はい。穴です。その人はその土地の古くからの和菓子《わがし》職人で、自分で作る葛餅《くずもち》の葛の根は、自分で掘るという信念の持ち主だったそうなんです。でも、もう相当なお年で苦労していたので、通りがかった父が頼んで掘らせてもらったんです」

「何で頼んだんですか」

「父は山で地中深く掘《ほ》るのが仕事だったんです。石灰《せっかい》ですけれど、だから、スコップを持たせて掘《ほ》らせたらプロなんです。葛《くず》の根っこを傷《きず》つけないように掘り出すことは、重労働で手間と時間がかかるけれども、父はその老いた和菓子《わがし》職人を助けて掘り出したんです。たまたまそれがものすごくたくましい根だったらしく喜ばれて、父が葛生《くずう》という土地の出身だと言うと、さらに喜ばれて、駅前の立派《りっぱ》なお店でその職人の手造りの美味《おい》しい本葛《ほんくず》の葛餅《くずもち》を御馳走《ごちそう》になって、それから母は父の命日になると、必ずこれを一つお供えするようになったんです」

幸子は田坂の手の上のお皿を見た。まだ半分以上も残っている。

「あの、田坂さんのお母さんもそのとき一緒《いっしょ》だったんですか？」

「はい」

「お父さんが掘るのをじっと待っていたんですか」

「そうだと思います」

「根っこを掘るってどのくらいの時間がかかるんですか？」

「根の大きさと数によるけれども、山の天然の葛なら時間がかかります。母はそのとき三時間くらい待っていたと言っていました」

三時間！

幸子はもう一度、あっと言う間に食べた自分の葛餅《くずもち》を思い出した。

「あ、すみません、余計なことを話しました。忘《わす》れてください。こんな高級な和菓子《わがし》を頂《いただ》けるなんて思いもよらなかったもので、ビックリしちゃって、つい思い出にふけってしまいました」

「いえ……、いいんです」

「葛は秋の七草のひとつで本当にいいものですね」

田坂はそういうと冷たい風の吹き始めた庭を見回した。

幸子は自分が何気なく丁寧《ていねい》な言葉遣《ことばづか》いをしていたことが不思議だった。そして、この休憩《きゅうけい》時間がすぎると、庭の仕事ももう終りに近づくから、時間があるうちに聞けることは聞いておこうと思った。

「きのう言っていたけれど土の庭っていい庭なの？　あたしにはこの庭は落葉樹《らくようじゅ》が主で、これからどんどん散って寂《さび》しくなっていくばかりに思うけど」

幸子が言うと、田坂は元の庭師の顔にもどって言った。

「玄関《げんかん》周りの松《まつ》とか槇《まき》とか、それから外部との境になるモッコクや生垣《いけがき》は常緑樹《じょうりょくじゅ》でいつも頑張《がんば》っている。アオキもそうですね。だけど、季節に合わせて色づき枯《か》れてゆく木を内側にそっと包んでいるのはいいじゃないですか。それぞれ散り方もちがうし、舗装《ほそう》された道に落ちる葉は捨てられる運命だけど、この庭の中に落ちる葉は守られている。土に落ちる葉は幸せなんですよ」

「幸せ？」

「捨てなければね」

「捨てないでどうするの？」

「穴《あな》を掘《ほ》って埋《う》めるといいんです。今回のようにこんなにいっぱいは駄目《だめ》だけど、毎日の掃除《そうじ》で集めた葉っぱは穴に入れるんです。肥やしにもなるし、土の中なら命は再生します」

そう言えば……、岡山のお爺《じい》ちゃんはあっちこっちに穴を掘っていたなと思い出した。

「これだけ土の見えるスペースがあるから、穴は場所を変えてあっちこっちに掘れます。

ここのハクモクレンや白雲木《はくうんぼく》は自然樹形といって人工的にあまり形を整えていないけれど、それも土の分量が多いからできることです。もし、狭《せま》い庭だったらあの二本の木は生きていけないかもしれない」

「ホント？」

「はい、ホントです。光の当たり方がずっと制限されるし、丈《たけ》も制限しないといけないから、あんなに伸《の》び伸びとは成長しません」

幸子はその二つの木を見やった。

「もしイチョウをこの庭で自然のままに育てたら、いったい何本育てられると思いますか？」

田坂の質問に幸子は、学校の自分の教室から見えるイチョウを思い出して言った。

「五本くらいかなあ。もっと少ないの？」

「一本です」

「えーっ、いっぽーんっ！　ウソでしょ？」

「幸子さんは学校の校庭のイチョウを思いうかべたでしょ。あれは剪定《せんてい》してあるんですよ。

二等辺三角形になっているでしょ。円錐《えんすい》っていうのかな？　まあいいや、どちらにしろきちんと人間が手を入れているからあの間隔《かんかく》で立っていられるんです。自然の木はあんなにお行儀《ぎょうぎ》よくないですよ。自然の本性はもっとすごいんです」

幸子は自然のすごい本性というものを想像できないけれど、何か怖《こわ》い感じがした。

「山に行くとね、庭師は必要ないんです」

「……」

「山は土ばかりだから命が充満《じゅうまん》している。庭師は山で荒《あ》れ狂《くる》った木をたくさん見て木の本性を知る。そうすると、俺《おれ》は振《ふ》り出《だ》しに戻《もど》る気がするんです」

「振り出し？」

「そう、振り出し。最初っからになるんだ。つまり何ていうか、初めて木鋏《きばさみ》を持って仕事しようとしたときのことを思いだすんです」

「初めてのときってどんなこと思ったの？」

「切り方が分からなくて、ただ途方《とほう》にくれます」

幸子は黙って聞こうと思った。

「木は同じ種類でもみんなちがう。育つ所の広さとか光の当たり方やその他の条件がみんな別々です。だから木と話さなくちゃなんない。そのときの気持ちを山に行って自然の本性に触《ふ》れて、思い出して、振《ふ》り出《だ》しに戻《もど》るんです」

「木と話せるの」

「その木を一番よくしようと思えばね、話せますよ」

「ふううん」

幸子はきのう田坂が食事から帰って来たあとに、じっと木を見ていたことを思い出した。

「落ち葉を掃《は》くのも木と話すことになります。土の庭は掃く楽しみのためにあるともいえるから。モッコクは常緑樹《じょうりょくじゅ》でしょ、それは折をみていつでも落葉するということだ。春落ち葉っていう言葉もあるけれど、気がつかないように少しずつ葉を取《と》り替《か》えている。だから、掃くときに葉の特徴を知って掃けば楽しいんですよ」

「葉の特徴なんていうと理科の時間みたいだ」

「木の上にある葉をみれば何の葉か分かるから、それだけでいいんです。でも、アスファルトの上の落ち葉掃《は》きは辛《つら》いなあ」

「どうして？」

「アスファルトの目に葉が食《く》い込《こ》んだりして、掃《は》きやすい葉とそうでない葉の区別がついちゃうから。それに落ち葉がゴミに思えるんです。幸子さんはゴミの庭に住んでいるんじゃないから分かりますよね。土の庭の葉は掃く楽しみがあります。あと……」

「あと、なーに」

田坂はちょっと時間を気にしてから言った。

「新緑のきれいさは誰《だれ》でも知ってるけれど、その前の楽しみは何だと思いますか？」

「その前って、冬だよね」

「そう真冬。とても寒い」

「雪はどこでも降《ふ》るし、分かんないよ」

「霜柱《しもばしら》ですよ」

「シモバシラァー？」

「そう、霜柱」

幸子は霜柱の出るような寒い朝は庭に出ることはめったにない。

「枯葉《かれは》に霜《しも》が下りると葉の周りが白く縁取《ふちど》られてきれいなの知っていますか?」

「全然知らないよ」

「今度見て下さい、一度きれいと思えばたぶん一生きれいと思えます。寒ーい朝じゃないとダメだけれど」

「あの、死ぬほど苦手なんだけど」

「東京で冬の朝に五分くらい庭に出ていても絶対に死にませんよ」

「そうだけど」

「土の中の水分を凍《こお》らせて土の表面を持ち上げる力持ちには、冬の朝じゃないと会えない」

「それが霜柱《しもばしら》ね」

「そう、霜とはちがう。霜柱はこのかたくない土の庭では思《おも》う存分《ぞんぶん》に力を発揮《はっき》するはずです。しゃがんで朝の光りをいっぱいに含《ふく》んだ氷の細い筋《すじ》をじっと見るといいですよ」

「何となく見たくなってきたよ」

「それで春になって、持ち上げられた土が柔《やわ》らかくなってふわっとした所は、裸足《はだし》で歩きたくなる。土は生きているんです」

幸子はポケットから志郎お爺《じい》ちゃんの写真を出した。

「あれっ、まだ持っていたんですか？」

「うん」

何故《なぜ》か、幸子は今の田坂さんの話を志郎曾お爺ちゃんが、
そうだ、そうだ。

と言って聞いている気がした。それに、さっき百日紅《さるすべり》から下りたときに裸足《はだし》で気持ちよかったし、この写真のお爺ちゃんもいっしょにスベリ下りたのだと気がついた。

「今の霜柱《しもばしら》の話はいつでも思い出せるように、お爺ちゃんにしっかりと覚えておいてもらおう」

「あははは、それはいいですね。さてと、残りの時間頑張らなくっちゃ。あとはドウダンツツジと山吹《やまぶき》をやって、それからモッコクの続きだ」

田坂はやっと残りの葛餅《くずもち》を全部食べ終えた。

4 木鋏

幸子は手や足を土で汚《よご》しながら久しぶりに庭の雑草取りをしたが、その途中《とちゅう》に岡山にいる満おじさんから電話があった。久子曾《ひい》お婆《ばあ》ちゃんの健康状態は良好で、明日は計画通りに新幹線で東京に来るという連絡《れんらく》だ。

ついに中上家にまつわる一大イベントの最終段階にはいる。関東の親戚筋《しんせきすじ》も日を変えて集まる手はずだ。主人公はもちろん久子曾お婆《ばあ》ちゃんで、その関西からの橋渡《はしわた》し役が満おじさんだ。

「幸ちゃん、明日は九州やら岡山やらのお土産《みやげ》がいっぱいあるからね」

「ありがとう、由子お姉さんに会うのも楽しみだな」

幸子が電話でそんな話をしているとき庭には助《すけ》っ人《と》が入っていた。きのう松《まつ》と槇《まき》を剪定《せんてい》してすぐに他へ回ったもう一人の庭師市村が来ていた。

「どうしたんだ市村さん、向こうはいいのか？」

田坂は予想もしていない市村が来たのでビックリした。

「ああ、何とかすませて来たよ。それより電動ノコでやった生垣《いけがき》を木鋏《きばさみ》で仕上げをしたいだろうと思って。あのままじゃ田坂としてはつらいだろ。モッコクは俺《おれ》がやるから」

電動ノコの生垣《いけがき》はたしかに雑で、田坂としては不満が残るがやむを得ないと思っていた。

「しかし、後の掃除《そうじ》が間に合わなくなるし、時間も延長になる」

「大丈夫だ。枯葉《かれは》を集めにもうすぐ運転手が来るし、俺も掃除を手伝う」

「それじゃ申《もう》し訳《わけ》ない。明日はかなり早い仕事がまっているのに」

「田坂、俺は清吉さんに言われて来たんだ」

市村は笑ってみせた。

「えっ、清吉さんに？」

「そうだ、心配要らない。社長も承知だ。費用がその分上乗せになるがこちらの奥様にわけを話したら、大変喜んでくださったよ。是非《ぜひ》にと言われた。夕闇《ゆうやみ》まで残りわずかの時間だ。田坂、生垣《いけがき》全部できるか？」

田坂は改めて生垣に目をやった。そこには無数の細い枝が電動ノコによって無造作に刈《か》られた切口を見せている。それらすべてを木鋏《きばさみ》による納得のいく剪定《せんてい》に仕上げるには時間がなさすぎる。しかし、市村はもうモッコクに取りかかっている。

田坂は庭から大声で幸子を呼《よ》んだ。

幸子はいきなり外から呼ばれたので、何事かとビックリしてすっ飛んで行った。そこにはさっきまでの田坂とは違う、厳《きび》しい目つきの庭師がいた。

「明日お見えになるお婆《ばあ》ちゃんの目の高さは？」

幸子は絶対に間違《まちが》ってはいけないことを聞かれたと思った。

「あたしとちょうど同じだよ」

間髪《かんはつ》をいれずに答えた。

田坂は幸子の目の高さを自分の胸の位置で確認した。そして、一度パチンッと木鋏を鳴らしてから、猛然《もうぜん》と生垣に向かった。幸子がまったく声をかけられないほど無我夢中《むがむちゅう》の庭師田坂がいた。銀二の木鋏が無数に鳴る。

幸子はその音を聞きながら、仕上げの鋏《はさみ》を入れたばかりの生垣《いけがき》を見た。ちぎられたような枝葉は残っていない。それどころか切口は新しい鋏を入れられて見えなくなっている。枝先に注意すると、幸子の目の位置を境にして、上と下の枝の切られ方が微妙《びみょう》に変えられているのが分かった。数歩下がって見ると、毛羽立った織物を手で撫《な》でつけたように、生垣全体がやさしい表情になっている。電動ノコギリで刈《か》った所と比較《ひかく》すると天地ほどの差がある。

幸子にもこれは大変に手間のかかる、細かすぎる仕事だということが分かった。粘《ねば》り強さだけではなく集中力が要求される。足元には気をつけなければ分からないほどの細かい破片が落ちている。

日がようしゃなく翳《かげ》りはじめる。

暗くなるとこの仕事はできない。

幸子は自分が無駄《むだ》な話を田坂さんにさせて、その分時間が足らなくなったのではないかと後悔《こうかい》した。生垣には無数の枝が生えているのだ。

きのうと同じ若い運転手が来て、ビニール袋《ぶくろ》の枯葉《かれは》をトラックに運び始めた。市村はモツコクを終り、箒《ほうき》で最後の庭掃きを始めた。田坂が東から南、そして西側の途中《とちゅう》まで来たときに、辺りはすとんと暗くなった。釣瓶落《つるべお》としだ。手元がさらに見えづらくなっている。しかし、木鋏《きばさみ》の音は消えない。

幸子は家中の灯りをともすことにした。カーテンを束ね、窓をすべて開け、どの部屋も電気を一番明るくした。いくつかあるスタンドも集めて縁側《えんがわ》で点《つ》けた。生垣《いけがき》の最後は家の西側に回りこむ。ビワを短く刈《か》りそろえたことが幸いして灯りがあたりやすい。それでも足らず幸子は懐中《かいちゅう》電灯を持って田坂の横で照らした。

田坂は無言で切り続けている。

握《にぎ》られては開かれる右手の翼《つばさ》から木鋏の刃先《はさき》だけが出ている。木鋏はあらゆる角度から枝に食いつき、せわしなく鳴き続ける鳥。懐中電灯が照らす小さな明るさの中に生きている鳥。

幸子はそう思った。

そして、ついに剪定《せんてい》は終った。西側の端の最後の枝の切口を鳥の嘴《くちばし》が鋏《はさ》んで、音がやんだ。

幸子の目の高さにあわせて、生垣《いけがき》がすべて切《き》り揃《そろ》えられた。辺りは真っ暗だった。

「見事だ、田坂」

いつの間にか市村が二人の後ろにいて言った。幸子も何か言わなければと思い、

「見事です、田坂さん」

と、大声で言ったので、二人の庭師はおもわず吹きだした。幸子もいっしょになって笑った。

それから二人の庭師は休む間もなく、青いシートの上の道具類をしまい始めた。幸子は寂《さび》しさを感じている自分の心に気がついた。と同時に、一つ一つ丁寧《ていねい》にしまわれてゆく鋏《はさみ》に愛着を感じた。

ペリカンの鋏。両手で持つ大きな鋏。幹を切る鋏。根っこを切る鋏。銀二の木鋏《きばさみ》。大小のノコギリやスコップ類。雑草を刈《か》るときに土中の根を切る鎌《かま》。大きな切口に塗《ぬ》る薬が入っているビンと刷《は》け。箒《ほうき》。

それらはみんなこの庭の土や木や葉や根に触れたものだ。切って、切って、切り落としていった物たち。しかし、道具は土や木や葉や根の奥深くに触れ、結び、一瞬《いっしゅん》、鋭《するど》く繋《つな》が

っていった物たちだ。

幸子は一つ一つの道具をしっかりと胸《むね》におさめた。

道具によってできたゴミ袋《ぶくろ》の数も間違《まちが》えないように数えた。三十七。きのうとあわせて全部で百二だった。

縁側《えんがわ》では出張から帰った父の浩史がしばらく呆然《ぼうぜん》と立《た》ち尽《つ》くしている。家中の明かりが点《つ》いて、庭がライトアップされているときに帰って来ていた。それからまだ着替《きが》えもしていない。

「これはいったい……」

庭と娘の変貌《へんぼう》に驚いていた。

うっそうとした庭は跡形《あとかた》もなく、夜気と切られた枝葉から発する微香《びこう》にすべての木々が生きている。そして、幸子がこの半年の間けっして見せなかった元気な姿《すがた》で職人について回っている。体中から嬉《うれ》しさが発散している。

「これはいったい何があったというのだ！」

浩史は劇場《げきじょう》のようにそこだけ明るくなった縁側《えんがわ》に、ただ立《た》ち尽《つ》くすしかなかった。靖子は本物の庭師が来たと、それだけ言って笑っている。浩史には、何も分からない。庭師が来ると同時に出張へ出かけ、自分が帰ると同時に庭師の仕事が終わっていた。

何もかも、たくさんのゴミ袋《ぶくろ》の中に消えていってしまったと、そう思った。

靖子は言った。

「この庭とともに、幸子も生き返ったのよ。これから、春、秋の剪定《せんてい》と消毒など、庭に関するすべての仕事を小橋造園《こばしぞうえん》に一括《いっかつ》して頼《たの》むことに決めたいけれど、いいでしょ。できれば今、庭にいるあの二人の庭師にお願いしたいの」

「そりゃ、かまわないが」

浩史は庭の隅で荷物をまとめている職人の半纏姿《はんてんすがた》を見た。そのそばで幸子が懐中《かいちゅう》電灯を点《つ》けながら何か手伝おうとしている。

「一人でじっと黙《だま》り込《こ》んでいるようなことは……」

「そんな暗いところはこの二日間全く見せていないわよ。あんなに動き回って、楽しそうに話をしている幸子は本当に久しぶりよ。あの子には草木のことが分かるのよ。ずっと荒《あ》れた庭を見させていた私《わたし》は、母親としてつくづく失格だと思ったわ」

浩史はそれから、もう少し庭の風に吹《ふ》かれていた。

縁側《えんがわ》にいるのに向こうの生垣《いけがき》を通ってくる風や、白雲木《はくうんぼく》の下を流れる風を感じる。浩史は久しぶりに自分の息遣《いきづか》いが庭の息遣いと混じるのを感じた。ライトアップされていても夕闇《ゆうやみ》の気配は浩史を包もうとしてくる。

失格っていうことはないさ、そう思いながら幸子が自分に気がつくまで、夕暮《ゆうぐ》れの庭を楽しんだ。

5　夜空の星

すべて点《つ》いていた家中の電気が正常にもどった。

庭師たちはトラックに道具類を運び終えた。もう庭に仕事の物は何もない。

玄関《げんかん》のピンポンが鳴った。

パシッ　パシッ
帰り支度を終えた田坂と市村が手拭《てぬぐ》いで足元をはたいてから玄関に入ってきた。

「予定の時間をだいぶ過ぎましたが、お庭の剪定《せんてい》終りました」

田坂が言った。

「こんなに暗くなるまで、ありがとうございました。急で無理なお願いにもかかわらず、これほど丁寧《ていねい》なお仕事をしていただけるとは正直言って思っておりませんでした。大変感謝しております。本当にありがとうございました」

靖子は正座《せいざ》をして言った。そして、これから年間を通じて家の庭すべてのめんどうを見てもらえるように頼んだ。

田坂の顔がその瞬間、ぱっと明るくなった。

「ありがとうございます。こんな庭らしい庭のお仕事をさせていただけることは、手前どもにとってもやりがいがあります。さっそく社長に伝えさせていただきます」

それから市村が、それぞれの木の健康状態と普段《ふだん》の手入れの話をした。松だけは土の少ない所にあるので、化学肥料を一定期間だけやること、槇《まき》の具合は自分が仕事で近くに寄ったときについでに看視《かんし》するので心配ないこと、それらを言った。母がメモを取りながら、市村と田坂の話を聞き始めたので、幸子は一人で玄関《げんかん》を出て木戸から庭に入ってみた。

槇の指し示す方向にそって小道をゆくと、月に照らされた庭が待っていた。中ほどに立って周囲をゆっくりと見渡《みわた》した。どこもかしこも静かな澄《す》んだ世界に入ったようだった。三日前に見たおばけ屋敷《やしき》はもうない。木の一本、一本が、その木らしい装《よそお》いで立っていると思った。

玄関《げんかん》の方から何やら一瞬《いっしゅん》、にぎやかな話し声が聞こえてきた。誰《だれ》かが来たらしい。でも、それは庭にいるとどこか遠くのことのようだ。

たった二日間で甦《よみがえ》った庭。生気を取《と》り戻《もど》した庭。幸子はそのことをかみしめていたかった。

二階の自分の部屋を見た。そこで暮《くら》している自分を思った。あの窓から思いきり羽を空へ飛ばしてみたい。広々とした庭に立つと家は小さい。あの中にいつまでも閉じこもっていたくないと思った。

その屋根の上に一番星が見えた。

夜空が夜空らしく輝《かがや》いている。

庭の木のようになって息をして、空はとてもおいしいと思った。

ふと、ハクモクレンの高い梢《こずえ》の中にも星が見えた。それを見ながらその場で、ぐるっと三百六十度回ってみた。星に自分が近づく気がする。きのうハクモクレンの小枝が空に飛んだのを思い出した。深呼吸《しんこきゅう》をしながらもう一度、三百六十度回った。自然と両腕《りょううで》が鳥のように広げられる。その途中《とちゅう》で、木戸が開いて誰《だれ》かが庭に入ってくる気配がした。土を踏《ふ》む音がする。誰《だれ》だか分からなかったが、幸子は何となくその人も、星を見に来たのかもしれないと思った。夜空の星は見れば見るほど増えてくるような気がする。何故《なぜ》か、はじめて見た海を思い出した。あれはいつだったろう。夜の海が、海を見たはじめてではなかったか。そんなことを思った。あのときにも星がたくさんあった。

庭に入ってきた人がそばに来た。幸子よりずっと背《せ》が高い。半纏《はんてん》を着て木のように立っている。その人も星を見ているようだ。だから、幸子も気にならなかった。しばらくして暗い中でしわがれた声がした。

「よい晩ですなあ」

すると答えるように、夜空から風が降りてくるのが分かった。幸子の庭の生垣《いけがき》の中にだけ降りてくる。高い木からしだいに低い木へと風が伝わり声の主の下へ舞《ま》い降《お》りた。木枯《こがら》しが枯《か》れ木《き》のような人の足元にまとわりつく。庭の所々に残っている落葉がカサカサと鳴った。

幸子はしわがれた声をまた聞いた。

「みごとな百日紅《さるすべり》ですなあ」

枯《か》れ木《き》がしゃべるような声に聞き覚えがあった。ゆったりと湯につかっているような……、はっとした。カナラズセイキチニイワレタトイッテクダサイ、その言葉が甦《よみがえ》った。

「セイキチさん……ですか」

「はい」

背《せ》の高い老木のような人は言った。

あの日、長い呼《よ》び出《だ》し音の後に出てくれた人。この人がいなかったら、この庭はどうなっていただろう。幸子はあの電話を思い出した。遠い日のことのような気がする。このお爺《じい》さんに何と言って頼《たの》んだのかもう覚えていない。ただ、このお爺さんは幸子の言葉を信じてくれた。

幸子はお礼を言わなければと思った。心臓《しんぞう》がキュッとしたけれど、きちんとしなければならないと思った。

「うちの庭に来てくれて、ありがとうございました」

たったそれだけしか言えなかったが、庭の全部の木を代表して言った。

お爺さんは、幸子の目を見つめ、

「こちらこそ、ありがとうございました」

そう言ってくれた。

そして、ゆっくりと木戸に向かって歩いて行った。背中《せなか》の半纏《はんてん》の庭の一文字《ひともじ》が月の光に照らされている。幸子はどうしてあのお爺《じい》さんが、黙《だま》って庭に入ってきても全然気にならなかったのか不思議だった。

すぐに後を追って木戸を出た。玄関《げんかん》前で、お父さんとお母さんがセイキチさんに何度も頭を下げている。両親の少し緊張している様子がうかがえた。田坂さんと市村さんも何だか緊張しているみたい。セイキチさんに付《つ》き従《したが》う侍《さむらい》っていう感じだ。

そして庭師が去る時が来た。

トラックには運転手もいるから一人は荷台に乗る。田坂は乗る前に幸子に挨拶《あいさつ》をした。

「幸子さん、いろいろと手伝っていただき、ありがとうございました。お陰様《かげさま》で、いい仕事ができました。それに大変おいしいカレーライスもいただきました。ありがとうございました」

「来年の春もよろしくお願いいたします」

幸子は元気にそう答えた。

「はい。かしこまりました。それでは失礼いたします」

田坂は言って、トラックの荷台に飛び乗った。

幸子は荷台の山のようなゴミ袋《ぶくろ》を見上げた。薄いビニールの中に緑の枝葉が見える。田坂さんは長い竹の棒を胸に抱《かか》えるようにして座《すわ》っている。脇《わき》に道具箱があるのがわかった。

それらを揺《ゆ》らしながら、小橋造園《こばしぞうえん》のトラックは夜の中を走っていった。

第四章　久子曾お婆ちゃん

1　霜柱の力

寒いなあ～

幸子は疲れていて、いつもよりぐっすり眠《ねむ》っていた。きのうは一日中立ち働いていたのだ。眠くてしかたがない。でも、寒くて一瞬《いっしゅん》目が覚めた。丸くなって蒲団《ふとん》にもぐり込《こ》んだ。温かさがもどってまたゆっくり眠れる。でも、また寒くて目が覚めた。とても寝《ね》ていられないほど冷気を感じる。そして、信じられないものを見た。蒲団が浮《う》いている。自分は何も掛《か》けないで寝《ね》ている。周りには氷がビッシリと張りつめている。

何だこりゃあ！

幸子は仰天《ぎょうてん》して夢中でベッドからはい出た。氷は縦《たて》に細長い筋《すじ》をたくさん走らせて、掛《か》け蒲団《ぶとん》を下からぐっと持ち上げている。あまりのきらびやかさに見とれていると、氷がすうっと消えて、浮《う》いていた掛《か》け蒲団《ぶとん》はゆっくりと下に降りてきた。

どういうことなんだ！

夢を見ていたと分かるまで、だいぶぼうっとしていた。

今のは霜柱《しもばしら》だ……。だんだんハッキリしてくる意識の中で、得体の知れない力の余韻《よいん》を感じた。

幸子は時計を見た。午前五時十七分。信じられないような早朝だ。こんな時間に霜柱は下りるのだろうか？　立ち上がって窓のカーテンを開けて見た。庭の土に霜柱が立っているとはまだ思えなかった。ガラス戸も開けた。朝の冷気が滑《すべ》り込《こ》んできた。久しく嗅《か》いでいなかった匂《にお》いだ。息が白くなった。面白くて何回も息を深く吸《す》い込《こ》んでは吐《は》いた。

庭の木々はまだ眠《ねむ》っている。

私《わたし》は起きよう。そう思った。

霜柱の力で起きた今を大事にしなければいけない。すると庭の木々もいくつかの葉が少し目を開けたような気がした。生垣《いけがき》の中でカサコソと音がする。白雲木《はくうんぼく》やススキ、モッコクや寒椿《かんつばき》、山吹《やまぶき》やシダレモミジ、その中の何枚かが起きはじめた。

幸子《さちこ》は新鮮《しんせん》な庭の葉にオハヨウを言った。

まだ暗い。でも、今日は久子曾《ひい》お婆《ばあ》ちゃんが来る日だ。庭とともに準備をするんだ。おとといまでの私《わたし》とは違う。今日から、文化の日がらみの土日で三連休だけど寝《ね》ているわけにはいかない。


六時前に幸子が起きたので、出張疲《づか》れで寝坊《ねぼう》したい父も仰天《ぎょうてん》しながら起きた。そして、あわてて水を飲みに台所へ行って、まな板《いた》の新しさとその香《かお》りに目と鼻を奪われた。

「いいまな板を買ったなあ」

寝ぼけまなこで言っている。

「あら、買ってないわよ」

お母さんが言って、幸子と目くばせをした。

「しかし、こんなにきれいじゃないか。前にあったのは、ぬるぬるしていて気持ち悪いまな板だったぞ」

「気持ち悪くてごめんなさいね。でもそれは前と同じまな板《いた》なのよ」

「違うだろ、これはまだ包丁の痕《あと》もないし、だいたい大きな深いキズがあったぞ、確かこの辺りに」

と言って、指差した所で手が止まった。顔を近づけてじっと見ている。母と幸子は笑いをこらえるので必死だった。でもすぐに声をあげて笑ってしまった。

「お父さん、そのまな板は庭師の田坂さんが削《けず》ってくれたんだよ」

「えっ、削った？」

父はまだ信じられないようだ。

「そうよ。そのまな板は生き返ったのよ」

靖子の言葉を父も繰返《くりかえ》した。

「生き返った、のか…？」

父は鼻の穴《あな》から絶え間なく入ってくる新鮮《しんせん》な檜《ひのき》の香《かお》りに身体が麻痺《まひ》していた。まだ水の入っているコップとまな板を抱《かか》えながら、笑いの止まらない靖子と幸子を見つめるばかりだった。

そして、いつもより異常《いじょう》に早い朝食が始まった。

靖子と幸子はハリキッている。何といっても今日から人の出入りが激《はげ》しくなる。久子曾《ひい》お婆《ばあ》ちゃんだけではない、千葉の節子お婆ちゃんも来るから、女親子四人が一堂に会することにもなる。

「華《はな》やかになって家が喜ぶね、お母さん」

「そうね。うちは筋金《すじがね》入りの女系家族だから家に一本芯《しん》が通るようよ」

靖子は幸子の元気な顔を見て、嬉《うれ》しさで力が漲《みなぎ》るようだった。

「さあ、みんなが到着する前に、掃除《そうじ》に洗濯《せんたく》に買い物に料理よ。あとお花も飾《かざ》らなくちゃいけないいし、忙《いそが》しい。きのうまでは庭で洗濯物を干《ほ》せなかったけれど午前中にガンガン干すわよ。何たって日当たり抜群《ばつぐん》なんだから。料理なんか新品同様のまな板《いた》に切れ味抜群《ばつぐん》の包丁で何でもコイよ」

「お母さん、私《わたし》もバッチリ手伝うからね」

「よし、それじゃあ、俺《おれ》は買い物を手伝うとするか」

父も仕事の疲《つか》れを忘《わす》れた。

庭には三本の長い洗濯物《せんたくもの》用ロープが久しぶりに張りめぐらされた。二本のサルスベリから白雲木《はくうんぼく》とハクモクレンとモッコクに結ばれた。その端から端まで衣類と白いシーツが並《なら》んだ。蒲団《ふとん》も広げたシートに干《ほ》された。

家族と庭は一つになった。光と風が洗濯物を揺《ゆ》らす。

この家庭に、もうすぐ久子曾お婆《ばあ》ちゃんがやって来る。

2　人生最後の旅

十一月三日、文化の日。

九時二十二分岡山発新幹線のぞみは、疾風《しっぷう》の如《ごと》く山陽、東海道を駆《か》け抜《ぬ》けた。

九十六歳《さい》という老体に長距離の瞬間的《しゅんかんてき》な移動は支障《ししょう》をきたす恐《おそ》れもあったが、グリーン車内で久子は補聴器《ほちょうき》を取り外して、眠《ねむ》り続けていた。その間、満が見守り、由子はずっと久子の手を握《にぎ》っていた。

東京《とうきょう》の空は快晴、その下をのぞみは山手線のカーブに沿《そ》おうとして減速を始めた。

東京駅では久子の娘、節子が千葉から出て来て、娘婿《むすめむこ》の浩史とともに待ち受けている。

予定の十二時四十六分、東京駅に新幹線は到着《とうちゃく》した。

そして、かねてより予約を入れてあった個人タクシーに分乗して、十四時ちょうど、久子は無事に中上家の門の前に立った。

幸子は、タクシーから降りて両脇《りょうわき》を抱《だ》きかかえられている久子曾《ひい》お婆《ばあ》ちゃんを見た。思ったよりも小さくなっている気がした。渋《しぶ》い茶系の着物を重ね着して、全身が雀色《すずめいろ》だ。目は生垣《いけがき》の全体を見渡《みわた》すように静かに動いている。目は見えている、幸子は思った。しばらく何かを探《さが》すような風情で首を回した後、正面の幸子に気がついたようだった。

「久子お婆ちゃん」

幸子は名前を呼《よ》んだ。

みんながお婆ちゃんの名前を呼んでいる。お婆ちゃんはじっと幸子の胸元を見ている。

幸子は胸にしっかりとヒイラギモクセイの白い花を握《にぎ》っている。

ヒイラギモクセイの花……、それは七十五年前の十一月四日、久子がこの家に嫁《とつ》いだときに咲《さ》いていた生垣の名も知らぬ白い花だ。

「初めてこの家に入る前に、あたしはしばらく道に立って、ずっとこの白い花を見ていたんだよ」

久子はそう娘《むすめ》の節子に語り、節子はそれを娘の靖子に語り、そして靖子は幸子に語って聞かせていた。

幸子が久子お婆《ばあ》ちゃんに近づくと、ヒイラギモクセイの花の香《かお》りが微《かす》かに強くなったような気がした。

「久子お婆ちゃん、ようこそいらっしゃいました」

久子お婆ちゃんはゆっくりとうなずいたようだった。白い花を受け取ってじっと見入った。

銀木犀《ぎんもくせい》と柊《ひいらぎ》の子。

白い芳香《ほうこう》が久子の記《き》憶《おく》の底を吹いた。

娘と孫からもヒイラギモクセイの花を受け取り、久子お婆ちゃんは胸にそっと抱いた。

そして、御影石《みかげいし》の最初の一つを踏《ふ》み、懐《なつ》かしい木戸を横に見て、松《まつ》の下の玄関《げんかん》へと向かった。

奇跡的《きせきてき》に間に合った……

靖子は母の節子とともに久子お婆《ばあ》ちゃんの細い腕を取ったとき、つい四日前の状態を思い起こして胸がふるえた。しかし、それは庭の剪定《せんてい》なのか、お婆ちゃんの生命なのかわからなくなっていた。今、手渡した白い花のことかも知れず、もしかしたら幸子の笑顔《えがお》のことかも知れないと思った。

人生最後の旅となるだろう人を、無事に迎《むか》えられたことにただ感謝した。

「九州からの長い旅ご苦労さまでした。さあ、ゆっくりと休んでください」

靖子がそう言って、座卓《ざたく》にお茶とお茶菓子《ちゃがし》を出したとき、久子曾《ひい》お婆ちゃんがはじめて口をきいた。

「ここは東の部屋じゃのう」

「はい」

庭に向かって右側に百日紅《さるすべり》の幹が見えるので分かったようだ。

久子曾お婆ちゃんは、ほとんどしゃべらないが幸子はあることに気がついた。居間には、久子、節子、靖子、幸子と歴代の女四人がそろっている。幸子の学年では名前に「子」がつく女子は何人もいないのに、今ここにいる女は由子お姉さんも含《ふく》めて、全員「子」がつく。それは偶然《ぐうぜん》で別に何でもないことのようだが、順々に子どもがつながっている感じで、とってもかわいくて面白いと思った。

「千葉《ちば》のお爺《じい》ちゃんの具合はどうですか」

母が節子お婆《ばあ》ちゃんに聞いた。

「毎日寝《ね》たきりだけど、とても機嫌《きげん》が良くて穏《おだ》やかにしているわよ」

節子お婆ちゃんはずっとこの家で暮《くら》していたが、幸子が生まれる頃《ころ》、亡《な》くなった渡《わたる》お爺ちゃんの実家に移って祖父のお世話をしている。幸子は覚えていないけれど赤ちゃんのときは節子お婆ちゃんに一番だっこされていたらしい。

「小春日和《こはるびより》よねえ」

「本当に、春みたいな日よねえ」

そんな話が縁側《えんがわ》で続き、みんなが伊勢屋《いせや》のきみしぐれに舌鼓《したつづみ》を打った後だった。

久子お婆ちゃんが「庭を歩きたい」と言い出した。車椅子《くるまいす》が岡山から届《とど》くのを待ってからにしようといってもきかず、何回もせがむように願った。九州を出てからの疲《つか》れがたまっているはずだし、とりあえず寝《ね》かせたい。身体が心配で近所の医者に何かの場合はすぐ往診《おうしん》に来てもらえるようあらかじめ頼《たの》んでもあるくらいだ。

しかし、明日以降良い天候が続くとも限らない、今日という日を大事にしようということになり、

「疲《つか》れたらすぐ抱《だ》っこして蒲団《ふとん》に寝かせましょう。そのときは男性の方、協力して下さいね」

節子お婆《ばあ》ちゃんがそう言って決まった。

もしかしたら、これが本当に人生最後の旅になるかもしれない……、黙《だま》っていたけれど、みんながそう思った。

幸子が久子お婆ちゃんの手をとり、その後にみんなが続いた。縁側《えんがわ》から左へ出て、右回りに行くことにした。

ゆっくり、ゆっくりと歩いた。

モッコクの広い枝振《えだぶ》りの中に入った。

モッコクは生垣《いけがき》以外としては縁側《えんがわ》からよく見えるただ一つの常緑樹《じょうりょくじゅ》。視線《しせん》の端にいつも

あった木だ。久子お婆《ばあ》ちゃんが涼《すず》しげに大きな息をするのが分かった。横のヒイラギモクセイの生垣《いけがき》から、白い花の微《かす》かな匂《にお》いも漂《ただよ》う。

「この木はね、お婆ちゃん、庭師さんが春の落葉がきれいだって言ってたよ」

幸子は言いながら、久子お婆ちゃんの目の高さは自分とまったく変わらないと思った。その手を取って歩くと考えていることまで分かるようだ。伝わってても伝わらなくても、幸子は話しかけようと思った。

「ほら、この葉っぱは、久子お婆ちゃんが一年中掃《は》いていた葉っぱでしょう」

久子は葉脈がよく見えないほど色の濃《こ》い葉を見た。

——そうだ確かにこの葉をいつも掃いていた。そう思った。

その葉が広い枝振《えだぶ》りの中で込《こ》み合《あ》うことなく透《す》きすぎることなく、見事に刈《か》り込《こ》まれている。

「この中にいると木の人になるみたいです」

由子お姉さんが感激している。

四本目のモッコクのそばで高いハクモクレンを見上げた。ここから見ると空に広がる枝がきれいに見える。総勢七人が自然とそろって空を見た。

この木は空に気づかせてくれる木なのだ。

靖子はここが一昨日までハクモクレンの下枝が伸《の》びて、歩けなかった所だったのに気づいた。たしかに木の肌《はだ》には、今立っている所に向かって伸びていた太い枝を切った痕《あと》がある。茶色の薬が塗《ぬ》ってあって目立たなくなっているが間違いはない。田坂さんはさすがの庭師なのだと思った。

「久子お婆《ばあ》ちゃんが住んでいた頃《ころ》のハクモクレンはもっと、もっと低い木だったでしょ、今じゃこんなに大きくなったよ」

春になると白くて強い花が枝をほとんど隠《かく》すほどいっぱいに咲《さ》く。幸子は久子お婆ちゃんがその光景を、今見ているのだと思った。

南の生垣《いけがき》。

縁側《えんがわ》からは遠くてあまりよく見えないけれど、マサキ、ツバキ、カラタチ、クチナシと季節によって白い花が流れるように庭を縁取《ふちど》る。

「お婆ちゃん、生垣がいろんな木で混ざっているのは手をつないでいるようだね」

幸子はお婆《ばあ》ちゃんと目の高さが同じことを幸せに思った。生垣《いけがき》はどこを見てもきれいに見える。庭がやさしく囲われているのが分かる。

幸子はみんなに背《せ》をもっと低くして生垣を見るように頼《たの》んだ。そして久子お婆ちゃんのために、庭師さんが暗い中で最後に切りそろえたことを話した。

「ほら、この辺りの線を境にして、上下の枝の切口が手前からは見えないように反対になっているでしょ」

言われてはじめて気がつくそのことで、生垣の壁《かべ》の風景が一変することにみんな驚いた。

「なんて細かい手入れだ」

父と満おじさんは中腰《ちゅうごし》になったまま、その仕事の大変さを考えて愕然《がくぜん》としている。

久子お婆ちゃんは生垣を見ながら静かに歩んだ。

庭を旅する一行は今、家から一番遠い所に来ている。幸子は久子お婆ちゃんの握《にぎ》る手の感触《かんしょく》を確かめた。多くの枝々《えだえだ》や葉を見て思い出を楽しんでいるのがわかった。

植《う》え込《こ》みの間から、たまに縁側《えんがわ》が見えるところには寒椿《かんつばき》がある。虫が食っているからお婆ちゃんあまり見ないでね、そう思ったときに足が止まった。

久子お婆《ばあ》ちゃんが、地面を見ている。

雪の降った日に、まだ輝《かがや》くばかりの寒椿《かんつばき》の花が落ちている。その光景を見ている。幸子はそう思った。人によっては不吉《ふきつ》ととる寒椿の落ち花は、家からは見えないこの土の上にひっそりと落ちた。久子はそれをよく拾いに来ていた。

（お婆ちゃん、雪の日に寒椿はきれいだったでしょう）

幸子はそう言おうとして、思わずとまどった。色鮮やかに落ちる椿と久子お婆ちゃんが一瞬《いっしゅん》重なった。手が痺《しび》れたように力を失った。

（お婆ちゃん…　死んじゃいやだよ……）

気持ちが微妙《びみょう》に伝わったのか、幸子の手が少し強く握《にぎ》られた。ひととき幸子は久子お婆ちゃんに手を引かれていた。お婆ちゃんは昔どんな女の子だったのだろう。何となく、若《わか》い久子と手をつないでいる感覚を想像してみた。理由もなく、自分と似ている少女のような気がした。そして、自分もいつか老いる日が来るのだろうと初めて思った。めまいがするような感覚だった。

死とはこんなにも身近で、遥《はる》かに遠い旅……。

幸子は今まで死というものを考えたことがなかった。思ったこともなかった。でも今、死をとても感じている人といっしょに歩いている。

——久子は歩きながら曾孫《ひまご》が自分に語りかけていることを知った。生気のある若《わか》い感性が腕を通して伝わってくる。この子は若芽《わかめ》のようだ。これから、どちらに伸《の》びるか悩《なや》むだろう。私《わたし》はそっくり土の中に帰らなければならないが、でもまだ、あともう少しは死なない。そう思った。

風が吹いた。

ススキが揺《ゆ》れる。

幸子は久子お婆《ばあ》ちゃんがすぐにススキへ顔を向けるのを見た。それはかすかな動きだったが分かった。そしてシダレモミジに首を傾《かたむ》けるのも見た。葉の下を風が清流となってゆく。どこかで鳴く鳥のきれいな声が混じる。お婆ちゃんの手からため息が感じられた。

この庭をお婆ちゃんと歩くのは初めてだけど初めてじゃない。今の風はこれから何回も思い出すだろう。何故《なぜ》かそう思った。

ゆっくり、ゆっくりと生垣沿《いけがきぞ》いを歩いた。

白雲木の丸い葉。

水面に、浮《う》かぶように広がっている。

陽に照らされて透《す》き通《とお》った葉の裏を下から見ていると、静かな魚になって見上げている気がする。その陽は夕日が最高なんだよね。遠い天の陽がこの木にだけ落ちているみたいで最高なんだよね。つないだ手でそんな会話をした。

西の生垣《いけがき》沿《ぞ》いに歩く。

ビワまでゆっくり、ゆっくり歩く。

「ずいぶん丁寧《ていねい》に手入れしてくれる職人さんねえ」

節子お婆《ばあ》ちゃんが繰返《くりかえ》し言っている。

「私《わたし》もいろいろお庭見ているけれどこの腕前《うでまえ》は相当よねえ。やっつけ仕事じゃないわよ」

「今日のために筋金《すじがね》入りの庭師さんが来てくれたのよ」

靖子《やすこ》お母さんが答えた。

ビワを見て縁側《えんがわ》に戻《もど》ると思ったが、久子お婆ちゃんは裏も回ると指差した。足が庭を覚えていてまだ帰りたくないらしい。幸子はお婆ちゃんの手が、もっと歩きたいと言っているのがわかった。

榊《さかき》……、虫がたくさん食ったので哀《あわ》れなまでに切られている。お婆《ばあ》ちゃん見ないで、そう思ったけれど、久子曾《ひい》お婆ちゃんは榊に手を合わせた。じっと拝《おが》んでいる。榊は神事に使うんだよ。田坂さんの言った言葉を思い出した。幸子もいっしょに拝んだ。

生垣《いけがき》はブロック塀《べい》に変わって家の北側へ回りこんでいる。その狭《せま》い所に七人全員が並《なら》んだときはさすがにおかしかった。

「ここはおトイレよ。なんか変ねえ。でも、どこもきれいになっているわねえ」

また節子お婆ちゃんが感心したので幸子は言ってみた。

「節子お婆ちゃんは、子供の頃《ころ》にかくれんぼして、ここら辺りに隠《かく》れたことあるでしょ」

「あら、よくわかるわねえ。幸ちゃんと同じかしら」

「うん、クサイのを我慢して隠れるの」

みんなが笑った。

勝手口の戸を出て、カクレミノ。

カクレミノが枝葉を伸《の》ばしてゆくと二階の幸子の部屋にいくが、そこはずっと前に節子お婆《ばあ》ちゃんと靖子お母さんの部屋でもあった。

久子曾お婆ちゃんはここでちょっと立ち止まった。幸子の手に小さな震《ふる》えが感じられる。微《び》妙《みょう》だけれど身体の中ですごく動いているものがある。黒い色をして流れている。この場所は何か辛《つら》い思い出の場所なんだと思ったけれど、それはどういうものか幸子には察しがつかなかった。周りの人には分からないけれど、手を伝ってくる苦しそうな息遣《いきづか》いが感じられる。

すぐそばに甕《かめ》がある。

「この甕はいつからあるの？」

少しでも気をそらそうとして、前からお母さんに聞いても分からなかった疑問《ぎもん》を言ったが、誰《だれ》も答えられなかった。お母さんと節子お婆ちゃんは首を傾《かし》げながら顔を見合わせている。そこへ久子曾お婆ちゃんが甕に近づいて水面を見ながら言った。

「この甕はな、私《わたし》が買った」

「へえー」

みんなが驚いた。でも、さっきの質問に答えたのかひとり言なのかはわからないなあ、と幸子は思った。甕《かめ》の水を代わりばんこに、みんなでのぞいた。もしかしたら、久子お婆《ばあ》ちゃんもメダカになりたい時があったのかもしれない。そのとき、久子お婆ちゃんがぼそっと言った。

「節子の可愛《かわい》がっていた犬が死んでのう、不憫《ふびん》でのう」

「えっ、お母さん、あの犬のこと覚えているの？　それとこの甕は関係があるの？」

節子お婆ちゃんはとても驚いている。何か意外そうで、昔を思い出しながらポツリと小さく何か言った。

久子曾お婆ちゃんは黙ったまま、また甕をのぞいている。

幸子はこの家で犬を飼っていたことがあるなんて、全く知らなかった。何十年前の話だろう。それもすごくかわいそうなことがあったらしい。幸子はいろいろ聞いてみたかったけれど、お母さんから今は聞くなと目で合図された。

「ポチっていう犬だったのよ」

節子お婆ちゃんは幸子を見て力なく笑った。

幸子は久子お婆ちゃんを見た。悲しそうな思い出に包まれていると思った。お婆ちゃんはすごく犬が好きだったんだ。その悲しみを今も覚えている。ふと幸子は久子お婆《ばあ》ちゃんの手を、いつの間にか離していることに気がついた。はっとして傍《そば》によって手をつないだ。その時ふいに思った。久子曾《ひい》お婆《ばあ》ちゃんは、節子お婆ちゃんが自分の部屋で泣いているのをここで聞いていたのかもしれない。それをさっき思い出しちゃったんだ。だから暗いものが感じられたんだ。幸子はそう思った。気づくと何故《なぜ》かみんなが幸子と久子お婆ちゃんを見ている。

「久子お婆ちゃん。玄関《げんかん》に入って休みますか？」

お母さんがそう促《うなが》したけれど、お婆ちゃんはもう松《まつ》を見上げていた。

松。

松らしい松というのはどういうのか分からないけれど、うちの松はそうなっているはずだ。みんなでそろって見ても全然動じないみたいだ。

お母さんが言った。

「この松を剪定《せんてい》したのは、半纏《はんてん》に腹掛《はらが》けで地下足袋《じかたび》履《は》いた庭師さんだったけど、脚立《きゃたつ》の上で松の葉をサッと横に払《はら》う姿《すがた》が格好《かっこう》よくてねえ、皆《みな》さんにお見せしたかったわよ」

それは市村さんだと幸子は思った。でも寝《ね》ていて見ていない。あのとき窓のすぐそばでもパチンと音がしたけど、あれはカクレミノを切った田坂さんの木鋏《きばさみ》にちがいない。

「お婆《ばあ》ちゃん、松《まつ》は成長が遅《おそ》いから、今も昔もあまり変わらないでしょ」

幸子が言うと節子お婆ちゃんが答えた。

「そうね。松は不変とか長寿《ちょうじゅ》をあらわすのよ」

幸子には意味の分からない言葉もあったけれど、何となく自分の言ったこととそうは変わらないことだと思った。

しかし幸子は今、違うことを必死に考え始めていた。

久子お婆ちゃんの残りの時間の中に、悲しいことや辛《つら》いことはいらない……、こんなに年老いた人と手をつなぎ、こんなにゆっくり歩いていると強くそう思う。そんないやなものは早く忘《わす》れてしまうべきだ。

でも幸子は逆に、自分が学校に行きたくても行けなくなった辛い日々を思い出してしまった。クラス内で浮《う》いてしまったことや、友だちの醜《みにく》い本性を見せられたことを考えてしまった。さっき一瞬《いっしゅん》だったけれど、久子お婆ちゃんも何か嫌《いや》なことを思い出していたはずだ。犬のことはそのうちの一つだ。もっと嫌《いや》なことをたしかに思い出していた。震《ふる》えが確かに伝わってきた。どす黒くて、深くて、恐《こわ》いもの。そんな手の感じだった。いろんなことから全部逃《に》げ出《だ》したくなるような……

ああ、いやだ、いやだ。

突然、幸子の手がぎゅっと握《にぎ》りしめられた。信じられないくらいに強い。

――痛《いた》い！

はっとした。久子お婆《ばあ》ちゃんに見つめられている。正面から、幸子と同じ目の高さで強く見つめられている。

久子お婆ちゃん……

一瞬《いっしゅん》、そこに少女久子がいた。幸子と同い年くらいの久子が何か言っている。

えっ、何？　何て言ったの？

少女は幸子を見つめながらすっと消えてしまった。

幸子はその時、久子お婆ちゃんの手から感じられた恐《おそ》ろしいものが、実は自分の手から発せられたものだと知った。それがお婆ちゃんの体内をかけめぐってしまったと、やっと気がついた。

どうしよう！

久子お婆《ばあ》ちゃんごめんなさい。お婆ちゃんは何も悪いことなんか、思い出してはいやしない。全部私《わたし》だった。握《にぎ》ってくれる手が温かいからつい甘《あま》えて、いやでいやで避《さ》けたいことをお婆ちゃんに託《たく》してしまった。でも、謝りたくても声にならない。残りの大事な時間を私《わたし》が汚《よご》した！　取り返しのつかないことをしてしまった。もし今、お婆ちゃんの身に万が一のことがあったら、もしも最後の旅のときに……

ふっと手がゆるめられた。幸子の手を離して、久子お婆ちゃんは襟元《えりもと》に入れてあった白い花を出した。ヒイラギモクセイだ。白い芳香《ほうこう》を放っている。清らかで、生まれたままの輝《かがや》き、その小さな光が幸子の胸を透《とお》った。幸子は分かった。さっきの少女が言おうとしたことはこれだ。お婆ちゃんの中にはずっと遠くからの時間が流れている。

幸子は久子お婆ちゃんの手を握《にぎ》った。そして自分の部屋の窓を見上げた。カクレミノと甕《かめ》を見た。すっきりシャンとしている松も見た。深呼吸《しんこきゅう》をして、もう大丈夫《だいじょうぶ》だと思った。お婆ちゃんは忘《わす》れてはいけないものを見せてくれた。お母さんと節子お婆ちゃんがすぐそばにいて何気なく離れた。

久子お婆《ばあ》ちゃんはもう木戸を見ている。

そばに近づくとお婆ちゃんは自分で取っ手を引いた。門かぶりの槇《まき》がみんなをきちんと迎《むか》えた。

「ビシッとしたなあ、この槇は」

お父さんが感動している。

「本当ねえ、こんなに立派《りっぱ》だったかしら」

そう節子お婆ちゃんが言ったから、お父さんが答えた。

「幹割《みきわり》といって、木を矯正《きょうせい》する手入れらしいんですけれど、思わず見とれてしまいますね」

「お庭へようこそって、言っている感じだなあ」

満おじさんも言った。

お父さんは前より、もっと槇が好きになったかもしれない。

久子お婆ちゃんは上を見るのが辛《つら》そうなときもあるけれど、今は槇をうれしそうに見上げている。

ゆっくりと歩いて縁側《えんがわ》の端にもどった。

あと残りはドウダンツツジと山吹《やまぶき》だけ。その前あたりに鳥が置いていったマンリョウとセンリョウがある。でもそれは昔にはなかったでしょ、お婆《ばあ》ちゃん。

最後かもしれない旅は終りに近づいた。

一同が庭の真ん中へたどりついた。

「春になって、山吹のゆさー、ゆさーって揺《ゆ》れる黄色の花はとってもきれいだね。雪柳《ゆきやなぎ》と揺れ方を競《きそ》っているみたいだよ」

今、ドウダンツツジはきれいな細い紅葉《こうよう》を見せている。

幸子は無事に旅が終わりそうでほっとした。そしてさっきの久子お婆ちゃんの手の強さを思い出した。ところが、幸子は握《にぎ》られている手からすっと力が抜《ぬ》けてゆくのを感じた。えっと思った。お婆ちゃんが急に遠くなる気がした。びくっとした。マンリョウとセンリョウの方へかがみたいようだ。幸子もいっしょにしゃがんだ。でも久子お婆ちゃんは違う所を見ている。そこには石がある。

「お婆《ばあ》ちゃんはこの石を見ているの？」

幸子は昨日から置いてある、いくつかの丸い石を手にとって見せた。

お婆ちゃんはしゃがんだままじっとしている。でも幸子の手に何かが響いた。今度は間違いなく久子曾《ひい》お婆ちゃんの感情だ。それも悪いものじゃない、幸子はハッキリときれいな響《ひび》きを聞いた。

「この黒い石は庭師さんが剪定《せんてい》をしていて、あっちこっちの土の中から見つけた石なんだよ」

すると久子は地面に膝《ひざ》をついた。すぐにそばにいたお父さんと満おじさんが手をかして、家の中に連れて行こうとした。けれど幸子は止めた。

「ちょっと待って、久子お婆ちゃんは疲れているんじゃないよ」

「幸子！　何言ってるんだ」

お父さんがとがめたが幸子は聞かなかった。

そこら辺りに散らばせておいた黒い石を集めて言った。

「久子お婆ちゃん、ずっとずっと昔、ここに池があったでしょ？」

でもすぐに反応はなかった。幸子は久子お婆《ばあ》ちゃんの手に石をひとつ置いた。

「この丸くて黒いすべすべの石はここを掘《ほ》った所にたくさんあったんだよ。きのう庭師の田坂さんがドウダンツツジと山吹《やまぶき》の根っこを株分《かぶわ》けしているときに気がついたんだよ」

久子お婆ちゃんはじっと石を見ている。

「節子お婆ちゃん！　小さい時、ここに池がなかった？」

幸子は訳《わけ》も分からず必死になった。久子お婆ちゃんの、いやさっきの少女のために何かしたい、そう思った。

節子お婆ちゃんもしゃがみこんで石を手に取った。

「そう言えば、私《わたし》がまだ小さい頃《ころ》、ここら辺《あた》りに池があったかもしれない」

「本当なのかしらねえ、私は全然記《き》憶《おく》にないけれど、庭師さんはここに池があったって言ってたわよ」

お母さんは信じられないというように言った。

久子は七十年以上も忘《わす》れていたことを思い出していた。曾《ひ》孫《まご》が自分の手にその思い出の石をのせてくれている。そのひとつひとつの重みに記《き》憶《おく》が漂《ただよ》ってきた。

「久子お婆《ばあ》ちゃん、田坂さんがね、ここの下をずっと掘《ほ》ってね、マンリョウとセンリョウに囲まれた、この土の下、粘土《ねんど》みたいな土がここだけにあるって言ってたよ。池を造って水が漏《も》らないように大きな石の間とかに詰《つ》めたんだって。それはね、セメントが使われる前の池の作り方なんだって。あと昔の陶器《とうき》のかけらも見つけてね、間違いなく池の一部になっていた物だって言ってたよ」

幸子は久子お婆ちゃんが喜んでいるのを感じた。

「これは碁石《ごいし》海岸の石じゃないかしら」

節子お婆ちゃんが言った。

「お母さん、これはお父さんと行った新婚《しんこん》旅行の碁石海岸で拾ってきた石じゃないの？そういえば思い出したわ。お父さんは囲碁《いご》が好きでこの石を大事にしていたのよ。碁石のように丸くてすべすべしていて、私《わたし》それをふざけて池に沈《しず》ませて遊んでいたの。ここにはたしかに池があったわよ」

「お父さんって、志郎曾《ひい》お爺《じい》ちゃんのこと？」

「そうよ」

節子お婆《ばあ》ちゃんが石をいくつも取りながら言った。

「この下から出てきたのねえ」

とても信じられないといった様子だ。

「この黒くて丸い石は、ちょうど池の底のあたりに幾《いく》つもあったんだよ。夕べ、あたしと田坂さんとで穴《あな》を掘《ほ》って一つ残らず取ったんだよ」

幸子は久子曾《ひい》お婆ちゃんが昔のことをはっきりと思い出しているのが分かった。

手が震《ふる》えている。いや、そうじゃない。幸子がのせてあげたたくさんの石が手のひらで震えている。喜んでいるのだ。

「あっ、石が笑《わら》ってるみたいだよ」

満おじさんが言った。

「ほんとだ！　石が笑ってる。笑ってるよ！」

お婆ちゃんは膝《ひざ》をついたまま石の触《ふ》れ合《あ》うさまをじっと見つめ、耳をかたむけている。

みんなが久子お婆ちゃんの周りを囲んで見つめた。永く埋もれていた石が、お婆ちゃんの手のひらの中で笑っている。ことこと、ことこと笑っている。

志郎曾《ひい》お爺《じい》ちゃんと再会したんだね、幸子は思った。この石はみんなで拾ってずっと大切にしよう。

そして、やっと立ち上がって、家の中にもどろうとした久子お婆《ばあ》ちゃんは百日紅《さるすべり》を見て動かなくなった。節子お婆ちゃんも見上げている。幸子は二人がまだ遠い思い出の中にいることが分かった。

「ここにいてね」

幸子は急いで家の中に走った。階段《かいだん》を猛《もう》スピードで駆《か》け上《あ》がって、すぐに二階の自分の部屋の窓を開けた。

「お婆ちゃーん！」

そう言って手を振《ふ》るやいなや、幸子は靴下《くつした》を脱《ぬ》いで素早く窓から躍《おど》り出《で》た。桟《さん》をおもいっきり蹴《け》った。

「えいっ」

空を見て飛んだ。

今までで一番高く飛んだ。

飛ぶ瞬間《しゅんかん》、百日紅《さるすべり》の紅《あか》い花が満開になって見えた。志郎曾お爺《ひいじい》ちゃんがいた。笑っている姿《すがた》が久子曾お婆《ばあ》ちゃんのそばに見える。勢いよく百日紅を回ると、生垣《いけがき》の白い花も流れるように咲《さ》いた。幸子は左肘《ひだりひじ》を幹にかけ右腕《みぎうで》と両足をさらにぐっと伸《の》ばした。春から夏の白花黄花がいっせいに咲《さ》きほこる。夢の世界で鳥になって飛んでいるようだった。

裸足《はだし》でみんなの所に走った。みんなはものすごい拍手《はくしゅ》で迎《むか》えてくれた。

「すごい！　日本一！」

「やったね、さっちゃん！」

そんな歓声《かんせい》の中を、幸子は久子曾お婆ちゃんに抱《だ》きついた。節子お婆ちゃんと靖子お母さんにも抱《だ》きついた。みんなが喜んだ。石に触れてみんなの手は土だらけだ。お母さんが泣いている。幸子はもとの通りの一番好きな自分にもどって、秋の庭の真ん中に立っていた。

光と風と土と、石と人と、好きなもの全部に囲まれていた。

久子と幸子の庭の旅は、こうして終った。

3　あしたの雲

「車中で手を握《にぎ》っている間は、正直言って心配でしょうがなかったのよ。じっとしてほとんど動かなかったし、でも庭での久子お婆《ばあ》ちゃんは生き生きとしていたわ」

由子お姉さんは、幸子の部屋で窓を開けながら言った。

「三十歳《さい》過ぎてそこから飛んだ女性は、今までに一人しかいないんだよ」

幸子が言って二人は顔を見合わせて笑った。その元祖《がんそ》飛ぶ女は今、下の部屋で休んでいる。

あの日由子お姉さんは、本当は卒倒寸前《そっとうすんぜん》だったらしい。けれどそれは無理ないよ。まともな家系《かけい》に育った人で、オテンバじゃないんだから……

そういう幸子も二日間熱を出した。お粥《かゆ》とかスープばかりの、久子お婆ちゃんとほとんど同じメニューで過ごした。ただ蒲団《ふとん》の中にいても前とは全然考えることが違った。やりたいことが次から次へと浮《う》かんで、じっとしているのがもどかしかった。

あっちこっちへ出歩きたい。静子に手紙を書きたい。本が読みたい。お母さんといっしょに料理がしたい。お父さんと庭に池をつくりたい。甕《かめ》を底まで全部洗《あら》って水を取《と》り替《か》えたい。したいことがたくさんありすぎて困《こま》る。

連休が明けた朝、熱が心配だったけれど学校へ行くことにした。蒲団に寝《ね》ている久子曾お婆《ばあ》ちゃんに襖《ふすま》を少し開けて「行って来ます」を言った。

玄関《げんかん》に見慣れないものがあった。短歌を書いた短冊《たんざく》が額に入っている。久子お婆ちゃんの数少ない持ち物の一つらしい。

――山にありて山の心となりけらしあしたの雲に心はまじる

この歌は久子お婆ちゃんが娘時代《むすめじだい》に雑誌《ざっし》で見つけて、それからずっと気にいっている歌らしい。

「『あした』というのは古語で、朝という意味なのよ」

「『なりけらし』ってなーに」

「山の心になったようだってことよ」

由子お姉さんが教えてくれた。

幸子は短歌をじっと見つめた。この通りなのだと思った。

玄関《げんかん》で出勤のお父さんといっしょに靴《くつ》をはいた。お父さんは幸子の登校時間に合わせてくれたらしい。門を出るとすぐ左右に分かれたけれど楽しい時間だった。お母さんも木戸まで出てきてくれた。竹箒《たけぼうき》を持って来て、もう庭掃《にわは》きするのかと思ったら、魔女《まじょ》になって飛ぶ真似《まね》をして見せている。由子お姉さんが、あぜんとしていた。

幸子はとても清清《すがすが》しい気持ちで歩けた。

特徴《とくちょう》のないつまらない道だと思っていた通学路では、空を見上げれば半纏《はんてん》の形をした葉がずっと続いている。

どうして今までこの街路樹《がいろじゅ》に気がつかなかったんだろう。

幸子は田坂さんが半纏《はんてん》を広げて見せてくれた時を思い出した。どこかの梢《こずえ》でパチンと木《き》鋏《ばさみ》の音が鳴ったような気がする。

そうだ、来年の春にまた田坂さんが来たら、ぜひ銀二さんの写真を見せてもらおう。あのすずやかな音を出す鋏《はさみ》を造ったお爺《じい》さんの話をもっともっと聞いてみたい。

道のずっと遠くに見えていたイチョウが近づいてくる。

そのイチョウの上には白い雲が見える。イチョウはまだ黄色くなっていないけれど、もうすぐ学校全部を鮮やかにとりまくだろう。

幸子は自分の教室から、早く校庭を見たくてしようがなかった。


（おわり）

本多　明（ほんだ あきら）

1954年、東京生まれ。明治大学文学部卒業。

詩集『虹ボートの氷砂糖』（花神社）で第57回H氏賞候補。

本作『幸子の庭』で第５回日本児童文学者協会・長編児童文学新人賞。

第55回産経児童出版文化賞産経新聞社賞。

厚生労働省社会保障審議会推薦児童福祉文化財。

季節風同人。

参考文献

北原白秋詩集（角川書店）
山崎方代全歌集（不識書院）
青じその花・山崎方代（かまくら春秋社）
近代短歌の鑑賞77・小高賢 編（新書館）より
佐佐木信綱・短歌

幸子の庭 Y.A.Books

2007年９月20日　第１刷発行
2008年５月15日　第２刷発行
著・本多 明
装幀/装画・北見 隆
発行者・小峰紀雄
発行所・㈱小峰書店
〒162-0066 東京都新宿区市谷台町4-15
電 話・03-3357-3521
FAX・03-3357-1027

組版・㈱タイプアンドたいぽ
表紙印刷・㈱三秀舎
本文印刷・㈱厚徳社
製本・小高製本工業㈱

ISBN978-4-338-14420-9　250p 20cm
http://www.komineshoten.co.jp/